ミミズクとオリーブ

芦原すなお

JN138277

八王子の郊外に住む作家のぼくのもとへ、大学時代の友人が相談にやってきた。謎めいた文言の並ぶ書き置きを遺して、奥さんが家出したという。自慢の手料理を供しながら友人の話を聞いていたぼくの妻は、たちまち奥さんの所在を突き止めてしまった。さらに、高校時代の友人で刑事をしている河田の自慢話を聞いているうちに、女社長殺しの捜査のミスを見つけたばかりか、事件の真相をも言い当ててしまう……。ひょっとしてぼくの妻は、料理の腕前ばかりでなく、推理能力にも長けているのだろうか?!　直木賞作家が安楽椅子探偵ものの歴史に新しい一ページを切り拓いたシリーズ第一弾！

ミミズクとオリーブ

芦原すなお

創元推理文庫

AN OWL ON THE OLIVE

by

Sunao Ashihara

1996

目次

ミミズクとオリーブ

ミミズクとオリーブ

原稿の締切りが迫ってきたのに、さっぱりアイデアがわいてこない。午前中、長い散歩に出かけて、小さな八百屋で見かけた菜っ葉を買ってきて、漬物にした。だんだん水が上がってくるのを、三十分おきに観察しにいったり、手紙の整理をしているうちに、午前は午後になった。時の進みようは至極順調である。結構なことだ。だが、原稿ははかどらない。とりかかってないのだから、当たり前である。とにかくワープロの前に座ってみたらなんとかなるかと思ったが、出るのはため息と屁《へ》ばかり。窓から差してくる冬の日差しが机まで延びてきた。まだだめ。やがて日差しはぼくの体まで延びてきた。ぽかぽかと暖かい。となれば、うとうとするのは当然だ。

物の燃えるにおいにはっと目覚めた。一瞬火事かと思ったがそうではない。芳《かんば》しいとてもいいにおいなのだ。ぼくは窓を開けた。

小さな庭の物干しの脇で、円錐《えんすい》に積み上げられた落ち葉のてっぺんからゆらゆらと煙が立ちのぼっている。洗濯物をとりいれていた妻がこちらを振り返って言った。

「もうすぐ焼けるわ」

「何がだい？」

「カンショ」

「何だって？」

「お芋《いも》さん。また原稿にいきづまってるんでしょう。うっちゃっといて早くいらっしゃい」

ぼくはワープロの終了キーを押して机を離れた。

妻は楓《かえで》の枯れ枝を焚《た》き火《び》の中に突っ込んで、ホイルに包んだ薩摩《さつま》芋を二個、器用に手前に転がし出した。芋は新年早々妻の伯母からどっさり送られてきたのだ。ありがたいには違いないが、なんで今ごろ芋かと思う。ちょっと変わり者の伯母の意図はいつもながらよくわからない。

妻は絣《かすり》の着物を着て、白いキャラコの割烹着《かっぽうぎ》をつけている。その割烹着の裾《すそ》で芋をくるむように持って、手早くホイルを外すと、両手で割烹着の裾をあおってポンと芋をこちらにパスした。

ぼくはアッツッツと言いながら、二、三度芋をトスして、そろそろと皮をむき、その湯気の立つホクホクの鮮《あざ》やかな黄色を頬張った。

「うまい！」

「自分ばかり食べてないで、ほら、わたしのもむいて」妻はまた芋を投げてよこした。

ぼくらは沈んでゆく夕日を見送りながらひとしきり無言で芋を味わった。

「芋って、こんなにうまかったかねえ。ちょっとゴリゴリのところはあるけど」

「そこは風邪《かぜ》ひいてるのよ」

「かというと、うんと軟らかいところもある」

「そこはお腹をこわしてるんでしょう」

「ほんとかね。でも、焼き芋なんて、久しぶりだなあ」

「そうね。もっと食べるべきだわ」

「どうして？　食物繊維は体にいいから？」

「心にもいいのよ。あ、きた、きた」

妻の指さすブナの大木の枝に、なんだか大きな物がばさばさと音を立てて飛んできた。妻がついと立ち上がると、その大きな物はまた飛び立って、今度は庭の端っこに生えているオリーブの木に飛び移った。妻が郷里の讃岐《さぬき》の実家から運ばせて植えた木だ。なんでも、妻が十五になった年に、父親が小豆島《しょうどしま》で買った苗《なえ》を植えたんだそうだ。もう丈が五メートルを越えているが、どういうわけかまだ実がならない。ぼくは妻の後についてオリーブの木の下にいった。

「ほら、あそこ」

妻の指さすところに、大きな鳥がとまっている。

「フクロウかな？」

「耳の大きなフクロウよ」

「じゃあ、ミミズクだ。へえ、こんなところにいるんだなあ、初めて見たよ」

ぼくの家は八王子《はちおうじ》の町からバスで二十分ほど山の方に入った所にある。妻が見つけてきた借家で、相当に古いけど日当たりのよい三十坪ほどの庭があり、近くに緑は多いし、見晴らしがよくて住み心地は申し分ない。ただ、都心に出かけるのがちょっと大変だけど、作家なんて出歩く必要も大してないから、とくに文句はない。

妻は食べ残したサツマイモを上に差し出した。ミミズクはトン、トンと枝を順に下りてきて、妻の手から芋をついばんだ。

「ミミズクが芋を食べるとは知らなかったな」

「お魚が好きみたいだけどね」

「へーえ！」

「でも、好き嫌い言わないで、何でも食べるとってもいい性分よ」

「餌《え》づけしてたんだ」

「そうじゃないわ」妻は振り返って言った。「お客さんだから、食べ物を出すのよ」

薄闇の中に、微笑《ほほえ》んだ妻の横顔がおやと思うほど白く浮かびあがっている。そして、この光景はどこかで見たことがあるように思ったが、それがどこなのか、思い出せない。夢だったようにも思う。

「ぼくの今夜の食べ物は？」

「お芋のお粥《かゆ》に、大学芋よ」

「それだけ？」

「じゃあ、てんぷらもつけましょう」

「何の？」

「お芋」

ぽーぽーとミミズクが嬉しそうに鳴いて飛んでいった。

大学時代の友人の飯室《いいむろ》から電話があった。飯室はテレビ局に就職したが、二、三年で辞めて大手の広告代理店に転職した。「広告屋のほうがいばれるけんね」というのが理由だ。とにかくその業界の水が合ったのか、仕事は順調のようで、現在は大阪本社の営業課長だそうだけど、そのうち「もっと上にいくぞ、わしは」と言っている。陽気で社交的な男で、ぼくは嫌いじゃない。どうも向こうもそうらしいが、それが意外と言えば意外で、ぼくはあまり社交的でもないし、外に出て動き回るのも嫌いな性分。できることなら一日中寝床の中で暮らしたいと思っている男だ。そんな男とつき合って何が面白いのかと思うが、彼の周りにそういうタイプがいないので気分転換になるのかもしれない。それで、東京出張のおりにはよく電話をくれて、一杯やろうと言う。ぼくは都心の盛り場で飲むと帰りが大儀なのだけど、妻が「たまにはいってらっしゃい。家でごろごろしてばかりだと、猫になりますよ」と言う。

なりたいもんだ、とほんとに思う。ホフマンの作にある牡猫ムルか、漱石《そうせき》の吾輩《わがはい》猫みたいにウィットがあればなあ、と思う。

ところが、飯室はいつもの元気がなかった。いつもなら、どこそこの店に七時にこい、と言って一方的に電話を切るのだが、今回は気の抜けた声で生返事ばかり。話すことがありそうだが、言いたくなさそうでもある。なら電話を切ればいいのに、切らない。

「どうした？」と、ぼくは聞いてやった。

「うん」

「明日はどこいきゃいいんだ？」

「うん」

「うん、とはどこだ。すん、の近所か？」

「やっぱり相談に乗ってもらおうかのう」飯室は郷里広島の訛《なま》りが残っている。

「相談に乗るのは苦手だ。実生活においては、ぼくは単なる観察者に徹することにしている」

「友達甲斐《がい》のないこと言うな。外では話しにくいけん、明日お前のとこにいく」


要するに、飯室は女房に逃げられたのだ。実にきれいな人だった。年はぼくや飯室よりひと回り以上下で、だからなんだかとてもオボコくて、可愛らしかった。お前みたいな悪いやつが、よくこんなのをもらえたな、と友人たちは結婚式でやっかみ半分で冷やかしたのだった。なんでも、東京の女子大の国文科を出て飯室の会社に入り、その部下という恰好だったのだが、周りの若いライバルを出し抜いて飯室は見事その若き麗人《れいじん》の愛をかち得たのだった。

「驚いたね」と、ぼくはビールのグラスを干して言った。「幸せにやってたものとばかり思っていたよ。ほら、飲め。それとも、もう酒がいいか」

「わしは幸せだったわい。酒にする」

「向こうはそうじゃなかったってことか。人生においては、しばしばそういう行き違いがある」

「呑気《のんき》な一般論はやめてくれ。あいつも幸せだったはずじゃ。言うちゃなんじゃが、わしゃけっこう稼ぐんよ。大阪のマンションも、五ＬＤＫじゃったしね、車もアウディを買《こ》うてやった」

「物質では精神の空白を埋《う》められないということだな」

「その一般論はやめてくれちゅうに」

「それで家出か。そういう思い切ったことをするタイプに見えなかったけどな。なにか、こうほっそりしてな、しおらしい感じで、おとなしくて」

「まあ、性格はそうじゃとわしも思うとったんじゃけどなあ」

「何があった？」

「それがわからん」

「家出する前のようすは？」

「普段と変わらんかった。いや、むしろ機嫌がよかった。おらんようになる一週間前には同窓会にいっとる。大学時代の同窓会よ。暮れに、新宿《しんじゅく》のでっかいホテルであった。一泊してな、ミュージカルも見て、気味が悪いほどの上機嫌で戻ってきたんぞ。それがなんで──」

「やっぱり、女は男にとって所詮《しょせん》謎なのだなあ」

「やめてくれちゅうとるのに」

「とにかく家出した、と。だけど、奥さんに家出されたら、やっぱり困るだろう、お前？」

飯室は怒りだした。

「困るに決まっとるじゃないか。じゃから相談にきたんじゃろうが」

「まあまあ。しかし、身の回りのことが、まず大変だろうなあ」

「人を頼んで、掃除やなんかはしてもろうとる」

「家のことは一応なんとかなってるわけだ。でも、お前んとこもうちと同じで子どもができなかったよな。不幸中の幸いだね。それとも、お前は今日の日を予測して作らなかったのか？」

「ばかを言うな！」

「で、家出したのはいつかね？」

「相談に乗ってもろうとるのに、こういうのはなんじゃけど、初めから順を追うて話さしてくれんか。そう思いつきでバラバラに質問されたらかなわん」

飯室は上着の内ポケットから封筒を取り出して、ぼくに突き出した。「書き置きじゃ。十日前、会社の新年会から戻ってきたら、キッチンのテーブルに置いてあった」

「新春家出大会だな」

「さっさと読めいや」

ぼくは節をつけて声に出して読んだ。ちょっと酔っている。


ずいぶんお待ちいたしましたが、仏ならぬ女の身、もうこれでおいとまいたします。

今まで抑えつけてきたささやかな意地と見栄《みえ》を解き放ちます。よき先達《せんだつ》を見習い、紅《あか》い灯に導かれ、空飛ぶ絨毯《じゅうたん》に乗ってオリエントへと旅立つ心地です。こんな女でも生きていく場所はあるでしょう。長い間、ありがとうございました。

離婚届けを入れておきます。いつでもハンコを押して提出して下さい。

それから、どうぞわたしを探さないでください。いえ、あなたは探したりはしないでしょう。かりに探しても、きっと見つからないでしょう。また、申し上げるまでもありませんが、警察に届けて大騒ぎして、この上大恥をかいたりなさいませんよう。

どうぞ、面白おかしくお暮らし下さいませ。

かしこ

「うーん」ぼくは唸《うな》った。

「どう思う?」

「よくわからん妙な手紙だね。なんだ、空飛ぶ絨毯とか、オリエントとか?」

「わからんじゃろ?」

「以前からこんなことをしゃべってたか? あるいは、真っ昼間着物の前をはだけて歩きまわってた、とか?」

「あほぬかせ! 人よりずっときれいでしとやかなだけで、あとは普通のおなごじゃったわい」

「よくまあぬけぬけと。しかし、何を待っていたんだろう?」

「わしの帰りがいつも遅かったからかなあ、とも思うてみたが」

「そうなのか？」

「うん。まあ、十二時前に帰ったことはめったにないなあ」

「それだよ。早く帰るようにすればいいんだよ」

「そんなことじゃろうか？」

「きっとそうだよ」

「うーん」今度は飯室が唸った。「お前に相談したのが間違いじゃったかのう」

ぼくはちょっとむっとした。

「実家はあたってみたかい？　どこだ、奥さんの実家は？」

「熊本の旧家じゃ。とくに連絡はない」

「金はどうしたんだろう？」

「二千万近くあった貯金を半分下ろしとる。つまり、定期を解約して、その半額をわし名義でまた定期にしてあった」

「お前、わりと貯めてたね」

「そなことはどうでもええ」

「ふむ。慰謝料の手付け金代わりだな、さしずめ。ほかに、何を持っていった？」

「それが、結婚前に自分が持っとった服だけ、少し持っていったらしい。わしが買うてやったドレスや毛皮や指輪はそっくり置いてある」

「お前が買ったんなら、趣味が悪いんだろう」

「そうじゃないわい。ちゃんとした品ばかりじゃ。ベルサーチやアルマーニやラガーフェルドぞ」

「知らんなあ」

「高級既製服じゃが」

「要するに吊るしじゃないか」

「プレタポルテと言え。しかし、そういうことも知らんで、よう作家やっとるな」

「そういうことは書かないんだ」

「まあ、ええわ。それから、アルバムの写真をはがしてある」

「自分の痕跡を全部消し去ろうというんだな。そりゃ、根性がはいってる」

「それが、全部ではない。婚約時代や、新婚旅行で二人で撮ったのは、残っとる」

「忘れたんじゃないか、きっと」

「お前っちゅう男は、素直なやつじゃなあ」

「こういう所に引きこもって暮らしていると、物を見る目に濁《にご》りがなくなるんだろう」

「ええ気なもんじゃ。もう、ええ。あのー、奥さん」飯室は、隣の四畳半に切った炉の前で縫《ぬ》い物《もの》をしていた妻に声をかけた。「よかったら、ひとつ女の立場から意見を聞かせてくれませんか?」

　妻は着物の仕立ての仕事をしているのだ。こっくりこっくり舟をこいでいる。妻はときどき居眠りするのである。

「ええのう」飯室はしみじみ言った。「こういう家庭的な雰囲気が、こなにうらやましいもんじゃとは思わなんだよ」

「それほどでもないがね」ぼくは少し得意になって言った。

「実を言うとの、わしは奥さんに、相談に乗ってもらいたかったんじゃ。ほれ、なんちゅうんかの、お前の奥さん、えらいカンがええじゃないか。女の直感ちゅうのかの」

「そうかね」ぼくは少し気を悪くして言った。「ぼくだって――」

「お前はただの常識人間じゃ。その常識の量もたかが知れとる。世間知らずもええとこじゃ」

「あのな――」

「そこいくと、奥さんはなんかこう神秘的洞察力みたいなのが確かにある。ほれ、この料理も、わしの食いたかったものが、きっちり並んどるじゃないか。筑前煮《ちくぜんに》じゃろ、焼きナスじゃろ。それから乾煎《からい》り煮干しに、芋キントン、アラメ（ヒジキに似た海草）の煮つけ」

「偶然だろう」

「そうじゃないよ。ちゃんと考えて出してくれたんよ」

「そうかねえ。涙ぐむことはないだろう」

「わしは前々から奥さんにはそういう不思議な力がある、思うとった。じゃから、きたんじゃ。手紙にもあったように、警察には届けてないが、実は興信所に頼んで調べてもろうた。じゃが、皆目埒《らち》が明かなんだ」

「平穏な日常生活を突然襲ったミステリーだな、これは」

「お前はちょっと黙っとってくれ。それで、奥さんに聞いたら、女同士じゃ、ひょっとして何かええ知恵を貸してもらえるか、思うて、すがるような気持ちできたんじゃ」

「ほほほ」と、神秘的洞察力が笑った。これは寝ぼけているらしい。

「おい」と、ぼくは声をかけた。「君に話を聞いてもらいたいんだと」

「ところどころ聞こえておりました」と、妻は言った。

「寝てたじゃないか」

「寝てても聞こえます。ああ、楽しい夢だったこと」

「な、ちょっと変わってるだけで、いい加減なやつなんだよ」と、ぼくは言った。

妻は針山に針を刺して言った。

「およそのことはわかったけど、二、三確かめたいことがあるわ」

「ほんまかいな」ぼくは呆《あき》れた。

妻は飯室の細君の日頃の言葉遣いや、好み、それから趣味、学生時代の行動などを飯室に尋ねた。彼女は口数が少なくて、きれい好き、あまり近所の主婦たちとはつき合いがなく、趣味は小説を読むことと恋愛映画のビデオをみること、そして、フランス料理を作ることだという。学生時代に友人が勝手に応募した学内の美人コンテストで入賞したくらいの器量よしだったが、決して派手ではなく、化粧もほとんどしない。高い香水をいくつか土産に買ってやったが、つけたことはなさそうだ、という。まあ、特に際立った個性の持ち主とは思えない。なるほど、と妻はときおりうなずいていたが、そんなことを知ったところで一体何になるのか、ぼくにはさっぱりわからなかった。

「じゃあ、飯室さん、最後に一つ、肝心なことを尋ねますけど、あなた、奥さんがこういう行動をとったことについて、その理由の心当たり、本当にないのですか？」

「えっ」と、言って飯室は一瞬絶句し、妙にしどろもどろになりながら「いえ、全くわからない」と答えた。妻はじっとその顔つきをみて、微笑んで言った。

「わかりました。聞きたいのはそれだけです」

「なにか、ひらめいたかい？」ぼくは焼きナスに生姜《しょうが》をたっぷり乗せて口に入れながら聞いた。

「ちょっとあたってみましょうか。でも、期待されても困るけど」

「とにかく頼みます」飯室は畳に額《ひたい》をすりつけんばかりに頭を下げた。

「それから、その手紙、読んでもいいかしら」

「どうぞ」飯室はうやうやしく手紙を差し出した。

妻はちょっと眉をひそめながら手紙を読み、こう言った。

「飯室さん。ほんとに奥さんに戻ってもらいたい？」

「もちろんです！」飯室はちょっと驚いて言った。

「そう。じゃあ、心からそれを願ってね。心からよ」妻は小学校の先生が児童に言い聞かせるような調子で言った。


翌朝飯室を駅まで見送って戻ってくると、妻が洗い張りをしていた。着物をほどいて洗ったのを、両端に短い針の付いた竹の編み棒みたいなやつを何本も使ってピンと張って、両端に紐をつけ、物干しの支柱とオリーブの枝の間に張り渡そうとしている。ちょうどハンモックみたいな恰好だ。日の当たる垣根のところには、幅五十センチ、高さ二メートルくらいの板が二枚立てかけてあり、それにも小さな布切れを何枚も張りつけてある。

「精が出るね、奥さん」ぼくはふざけて声をかけた。

「あなた、ちょっとそっちの端っこをゆわえてちょうだい。ああ、もっと上の枝に。そうそう。ほんとにぶきっちょねえ」

「しかし、古臭い柄だね。どうすんだ、こんな生地？　頼まれものかい？」

「父の着物をほどいたの。大島《おおしま》よ。まだ生地はちゃんとしてるから、あなたに縫ってあげようと思って」

妻の父はもと高等学校の国語の先生で、退職した後は、漢文の塾を開いていたが、三年前に亡くなった。ぼくにとっては恩師である。ものすごく煙たい人だったが、その娘をぼくは嫁にもらったのだ。

「着物かあ。結婚式で着たきりだなあ」

「これを着て書いたら、いい時代小説が書けるわよ」

「ほんとかね。それより、君、大丈夫かい？」

「何が？」

「飯室の奥さんのこと」

「見当はついてるんだけど」

「ほんとうに？　信じられないなあ。じゃあ、家出の理由なんかわかったわけ？」

「そんなの、最初っからはっきりしてるじゃない」

「そうか？　飯室自身にもわかってないんだぜ」

「あの人、半分はわかってるのよ」

「なんだ、そりゃ？」

妻はすたすた歩いて濡《ぬ》れ縁《えん》から座敷に上がった。ぼくも玄関には回らずにその後について座敷に上がり、ちゃぶ台の前に座り、煙草に火をつける。

「飯室はもう吸ってなかったな。ぼくはどうもやめられない」

「男の人がゆったり座って煙草を吹かしてるのって、悪くないわよ」

妻が大きな湯飲みに番茶を注《つ》いでぼくの前に置きながら言う。番茶を飲むと、いつも高校時代の弁当の時間を思い出す。

「飯室は君がカンが鋭いって、えらく褒《ほ》めちぎってたけどな。ゆうべの料理だって、奴の食べたいものばかり並んでるって言うんだけど、そんなのは偶然だよな」

「偶然だけでもないのよ」

「へえ？」

「いつもお仕事で外食ばかりしている人なら、いかにも家庭料理というようなものが食べたいでしょう」

「なるほど」

「たまたまああいう献立《こんだて》にしようと思ってもいたんですけどね」

「なんだ。まあ、それはいいや。それより、さっき言ってたことだけど、家出の理由がわかってるって？」

「ええ」妻は針箱と縫いさしの留袖《とめそで》をもってきて、ちゃぶ台の傍《かたわ》らに座った。仕立ての評判がいいらしく、けっこう頼みにくる人がいるのだ。

「あれだけの話でわかるかねえ。考えられる理由はいくらもありうる。だけど、そのどれとも決める決め手がないじゃないか」

「たとえば？」妻は微笑みながら針を運ぶ。

「たとえば——そうだな、姑《しゆうとめ》との仲が」

「お姑さんは、広島の生家にいるんでしょ」

「そうか。じゃあ、飯室との結婚生活にあきあきしたとか」

「それはないでしょう。飯室さんはとても魅力のある人よ。男振りもいいし、優しいし、ケチんぼじゃないし」

「なんか、当てつけのような気がするぞ」

「あなたはあなたよ」妻は笑って言った。「そんなこと気にすることないわ」

「じゃあ、なんだろう？　そうだ、有閑《ゆうかん》マダムの秘密の売春組織に誘い込まれて、薬漬けになってだな、抜け出せなくなって、ああいう形で身を引かざるを得なくなった」

「おこられるわよ。それに、有閑マダムだなんて、古いわね」

「うーん、じゃあ、何だ？」

「飯室さんに原因があるのよ」

「やつは心あたりがないって言ってたぜ」

「あなたは人の言うことをそのまま信じる人だからね」

「飯室がどうだと言うんだ。女でも作ったとか」

「そうよ」

「ほんとかい？　そんなことで家出かい？」

「ほかに何があったら家出すればいいの？」

「なんだか、ありきたりでつまんないなあ、それじゃあ」

「ありきたりでも、女には一番こたえるわ」

「だけどさ、それなら、飯室自身に心あたりがあるはずだろう。やつはほんとにわからないと言ってたぜ。もし、心あたりがあるんなら、わざわざ相談にきたんだもの、隠すことはないだろう」

「バレてない、と思い込んでいるからよ。だから、それは理由じゃないと考えたんでしょう」

「だとしても、女房の方も、それならそうと夫に言えばいいじゃないか。いきなり家出することはない」

「人間のプライドにはいろんな形がありますからね」

「だけど、そうだとしても、どうせ軽い浮気だろう。そんなの誰でもやってるさ」

「ばかおっしゃい。そんな人ばかりじゃないわ」

「男はそういうものなんだよ。男の生理だな」

「あなたはほんとにそう思ってらっしゃるの」妻は顔を上げてぼくの目を直視しながら言った。

「だって事実だもの」ぼくは視線にたじろいで少々口ごもりながら言った。

「事実ならいいというわけでございますか?」さっきから急に妻の口調があらたまっているのにぼくは気づいた。妻は機嫌が悪くなると丁寧《ていねい》な言葉遣いになる。こりゃまずいぞとぼくは思った。

「そうじゃないけどね、そんなに大げさなことじゃない——のではあるまいかとぼくは言ってるだけなのだけど」

「わたしはちっとも大げさとは思いません。夫や子どものことを思うのは、女の人生の大事でございます」

なにやら武家の妻のような感じになってきた。

「そうだね」ぼくは引いた。「そりゃその通りだ。うん、君の言うのが正しい」

「男の方はときどき呆れるほど軽薄《けいはく》なことをしたり、言ったりなさるのね。ほんとに情けなくなります」

「それで、理由はわかったとして」ぼくは話をそらそうとした。「細君は見つかるのかねえ?興信所でもだめだったって言ってたぜ」

「どうでしょうか」妻は一心に針を進める。

「君が言うようにこれが大変なことだとすると——いや、そうに違いないが、もっと大変なことになったりせんかねえ」

「もう手遅れかもしれません」

「おどかすなよ。あいつ、相当参《まい》ってたよなあ」

「自ら蒔《ま》いた種でございましょう」

「そう言うなよ。なんとか力になってやりたいんだ。およそのことはわかったと言ってたよね。たとえば、奥さんが今どんなところにいるか見当がついてるわけ？」まさかそんなことが、と思いつつも、ぼくはお世辞《せじ》のつもりで尋ねてみた。

妻は和バサミで庭の右の方を指し、ぐっと握ってチョキンと音をさせた。ぼくは思わず股《また》ぐらをおさえた。

「え？　ああ、あちらの方？」

「卯《う》の方角でしょう」

「ウ？　あ、卯ね。卯というと——」

「東です」

「ほんとかい？　どうしてそんなことが——」

「少し考えさせていただきます」

妻はまた縫い物に目を落とした。

翌日も妻の機嫌はまだ悪いようだった。朝食のときも、昼食のときも言葉数が少なく、しかも改まった、武家の妻のような言葉遣いだった。おまけに、おかずの数がまるで少なくて、朝は葱《ねぎ》の味噌汁と佃煮《つくだに》のみ、昼はすうどんであった。だけど、文句の言えるムードではなかったので、ぼくはさっさと食べて、仕事部屋にこもっていた。仕事はさっぱりはかどらず、あくびばかり出て、結局昔読んだ本をぱらぱらと読み返したり、画集をながめて一日が暮れた。

妻はしきりに電話していたようである。これは珍しいことだったけど、そのことについて尋ねるのもなんとなくはばかられた。

で、夕食となる。無為徒食《むいとしょく》とは自分のことだな、と思いながら座卓に向かうと、高菜《たかな》と豆腐《とうふ》を煮たのと、ブリの塩焼きがついていたから、妻の機嫌も直りかけてきたのである。やれやれと思いながら箸《はし》をとったが、まだ表情はどことなく硬い。

食事をおえて茶を飲んでいると、妻が言った。

「飯室さんにお電話して、明日、四時までにここにくるようにお伝えください」

「え？　明日？　明日は木曜日だから会社があるけど――」

「早引きすればいいでしょう」

「これはまた急な――あ、わかったのかい、居所が？」

「はい。それから、お金を二、三百万ほどお持ちになるように」

「現金で？　あいつ、カードをいっぱい持ってるけど」

「カードでもよろしいです。それから、離婚届けの用紙も持参なさるようにとお伝えくださ い」

「一体、どういうこと——」

「またゆっくりお話しいたします」

妻は食器を下げて、洗い物を始めた。

ぼくは早速《さっそく》マンションに電話したが、飯室はまだ戻っていなかった。あいつの日頃を考えると当然であろう。ぼくは留守電に、「何をしている、馬鹿野郎、折り返し電話せい、何時でもかまわん」と録音して電話を切った。飯室がかけてきたのは夜中の二時である。

「遅くなってすまん。何かわかったんか？」

「知らん」

「何じゃ、それは？」

「お前が助平《すけべえ》だから、こちらの夫婦仲もおかしくなったんだ」

「え？　何のことじゃ？」

「とぼけるな。ネタは割れてんだ」

「まいったな」

「浮気したんだな、え？」

「うん。やっぱりそれが……。じゃけど、どしてわかったん？」

「そんなのは最初っからわかってる」

飯室は絶句した。

「それで、明日の四時にうちにこい。離婚届けの用紙と二、三百万持ってな」

「明日は会社があるが——」

「早引きすりゃいいだろうが。たわけ」

「わかった。言われた通りにする。じゃけど、二、三百万ちゅうのは、一体——」

「後は明日女房に聞いてくれ。おれは寝るぞ」


飯室とぼくは並んで妻の前に座った。なぜかぼくも飯室にならって正座である。妻はメモを一枚、ちゃぶ台に置いた。銀行でもらったメモ用紙である。それには、「飛筵《ひえん》」と書いてあり、その下に住所と電話番号が小さく書いてある。

「奥さまはここにいらっしゃいます」

「ヒエン……。これは?」と、飯室がメモと妻の顔をかわるがわる見ながら言った。

「超高級純会員制クラブです」

「中央区銀座六丁目か」ぼくは住所を読んだ。

「話は通してありますので、入れてくれます。七時の約束になってますから、すぐいってください。途中でダイヤモンドの装身具を何かお買いなさい。あなたの気持ちを表すためです」

「おい、一緒にいってくれよ」と飯室は泣きそうな顔でぼくの袖を摑んで言った。

ぼくはあわてて妻の顔を見た。

「友達甲斐に一緒にいらっしゃいませ」妻は言った。「たまには若くて美しい方にお酌《しやく》してもらうのもよろしゅうございましょう」

「頼むよ」と、飯室がまた言う。「わし、ちょっと胸が苦しゅうて——」

「ほんとに、ぼくもいくのかい？」ぼくは妻の真意をはかりかねて言った。

「いってらっしゃい」妻は静かに言った。「時間がありません。あなた、お着替えなさいませ」

銀座六丁目かあ、気後《きおく》れするな、などと思いながら散々迷ったすえ、一張羅《いつちようら》のツイードのジャケットに決めて、茶の間に帰ってみると、飯室は殊勝《しゆしよう》な顔つきでしきりにうなずいている。

「さ、お二人ともお急ぎなさいませ」

二日酔いの頭を抱えながら起きだして、茶の間にいき、ちゃぶ台の前に座ると、妻が番茶を持ってきた。「まだ、お酒くさいわよ」

妻の言葉が元にもどっている。

「報告しようと思ったけど、君はもう寝てたからね」

「うまくいったんでしょ。わかってたわ」

「どうして？」

「あなた一人で帰ってきたからよ」

「ええ？……あ、そうか」

妻は大島の生地を畳の上に置いて、鯨尺《くじらじゃく》をあちこちうごかしている。「ちょっと丈が足りないかしら」

「しかし、驚いたなあ。どうして何から何までわかったんだろう？　君は不思議な能力があったんだねえ」

「あら、大げさね。簡単なことよ」

「まるで魔法だな。ぼくにもわかるように、説明してくれよ」

「いいわ。あなたが尋ねてみて。答えるから」

「まず、どうして飯室の浮気のせいだとわかった？」

「わたしも女ですからね」

「女ならわかるかね？」

「飯室さん、なんか、照れたような、面目《めんぼく》ないような、情けない顔してたでしょう。あの顔みたら、女なら誰だってわかるわよ」

「もしぼくが浮気したら、君もやっぱり家出するかね？」

「いいえ。あなたに出ていってもらいます」

きっとそうなるだろう、とぼくは思った。

「今回が初めての浮気だったんだろうか？」

「多分そうじゃないわ」

「そう？」

「いくらプライドの高い女だって、いきなりこんなことはしないわ」

「じゃあ、耐えてたと?」

「ちゃんと気づいていますよって、サインは何度か出してたと思うわ。ほら、『わたしに待ちました』って、手紙にあったでしょう? 『仏ならぬ身』ともあったし」

「何のことだ、それは?」

「仏の顔も三度って言うじゃない」

「ああ、そうか。なるほどね。飯室ってのは、鈍感な奴だからなあ、それがわからなかったんだね。でも、はっきりそう言えばいいのに。女ってのは、フェアじゃないなあ」

「なに言ってるの。フェアじゃないのはどっちよ」

「うん」

「奥さんは、コトを荒立てないで治めたかったのね。だから、ずっと待ってたけど、一向に埒が明かない。で——」

「家出か。ふーん、思い切ったことをやるねえ。コワい、コワい。もとの鞘《さや》に納まったからいいようなもんだけど」

「ほんとに危なかったのよ」

「そうか?」

「ちゃんと探し出して、誠意を見せない場合は、ほんとに離婚しようと思ってらしたのよ」

「ほんとに?」

「わたしはそう感じたわ」

「だって、居所探すのも、大変だぜ。わからなかったら、それっきりってことになるのかね？」

「ちゃんと手掛かりを残してあるじゃないの」

「あったかね？」

「『今まで抑えつけてきたささやかな意地と見栄を解き放ちます』ってね」

「うん」

「『よき先達を見習い』、と」

「あった、あった」

「『紅い灯に導かれ、空飛ぶ絨毯に乗ってオリエントへと旅立つ心地です』」

「ああ、あれね。あ、『飛筵』か。飛ぶムシロか！　紅い灯は、紅灯《こうとう》の巷《ちまた》、オリエントは、東方——つまり、東京なんだね？　一種の暗号だったわけだ！」

「おそらく、飯室さんの今度の浮気の相手は、クラブかなにかに勤めている人だったんじゃないかな、とわたしは思った。それで、奥さんは、自分だってクラブ勤めができるということを証明したかったんだと思うわ」

「意地と見栄か？」

「そう。とってもきれいな人なんでしょう？」

「ふーん。意地と見栄のためにねえ」

「そう。でも、多分、それだけでもないわ」

「というと？」

「一度やってみたかったんじゃないかしら」

「そんなもんかね？」

「きれいな着物やドレスを着て、各界の名士にちやほやされるのよ。悪い気分じゃないでしょう」

「やれやれ。そんな程度の気持ちだったのかい」

「そういう気持ちもあったろう、と言うの。ずっと続ける気があったかどうかはわからないけれどね。まあ、学生時代の親友の所で、遊び半分に勤めながら、夫がどうするか、見守っていたってところじゃないかしら。とにかく、いろいろな感情が複雑に混じっているわけよ」

「どれか一つにしてもらいたいもんだ」

「人間の気持ちって、そんなもんじゃないでしょう。作家なら、そのくらいわかるでしょうに」

「そういうのは書かない」

「お好きに。でもね、傍《はた》から見ればかくれんぼ遊びなんだけど、奥さんにしてみれば、真剣な賭だったんだわ」

「夫が誠意を尽くすか否か？」

「そう。誠意——というか、自分をどれだけ大切に思ってくれてるのか、それを見たかった。婚約時代や新婚旅行の写真だけ残して置いたのも、奥さんのメッセージね。もし、飯室さんがそういう気持ちを奥さんに見せなかったら、きっと彼女は弁護士を差し向けて、離婚届けにハンコを押させるでしょう。有無《うむ》を言わさず。きっと、飯室さんの不貞《ふてい》の証拠はしっかり握っているだと思うから、そうなったら、もうどうしようもないでしょうね」

ぼくは唸った。ああ、女よ……！

「でも、よくこんな短期間で居所が見つかったね。いくら暗号があったとはいえ」

「電話を二、三本かけたらわかったわ。同窓会をやった、と言ったでしょう、東京で」

「うん」

「まず、そのホテルに電話して、幹事の名前を聞き出したの。こんなとき女は便利ね。先日はお世話になりました、幹事に連絡とりたいんですけど、名簿をなくしてしまって、と言ったら、ホテルの担当の人、すんなり信じてくれたわよ」

「ふーん。ずいぶん年をサバ読んで」

「いいじゃない。電話じゃわからないんだから。それで、幹事の人に電話したの」

「一体何て言ったんだい？」

「こないだは楽しかったって、お礼を言ったら、あなた、だーれって聞くの」

「そりゃそうだろうね」

「ほら、ユミコよって言うと——」

「なんだ、そのユミコってのは？」

「お隣の奥さんの名前」

「いい加減なやつだ」

「ほほほ。するとね、ああ、姫川《ひめかわ》さんねって言うの」

「ほんとにいたんだ」

「出席者が六十人もいたんだもの、そりゃあ中にはきっとユミコさんもいるわよ」

「で？」

「あなたならきっとわかると思って電話したんだけど、ほら、クラブの仕事してる人いたでしょう、って聞いたの」

「ほう！」

「すると、ああ、サチエのことね、と言うから、そうそう、そのサチエさんよ。あの晩、今度遊びにおいでって、名刺もらったんだけど、なくしちゃったの。あなたなら、その電話番号わかると思ってかけたのよって言ったら、調べて教えてくれたの。それでね、教えてあげたんだから、いくときはわたしも誘ってね、ですって。だから、ええ、きっと電話するわ、どうもありがとうって言って切ったのよ」

「なんだ、そういうことか」とは言ったものの、ぼくは感心した。「しかし、よくもまあべらべらとでまかせを」

「探しているほんとの理由をほかの人に知られると、あとあと飯室さんたちに迷惑がかかるかもしれないからね、そこは用心したのよ。とにかく、お店の名前が『飛筵』だと聞いたとき、わたしの推測は間違っていないと確信したわ。で、そのサチエさん――すなわちママの碧《みどり》さんに電話したの」

「何て言った？」

「最初はとぼけてた。でも、わたしが、飯室さんの気持ちを伝えて、本当に後悔してる、その印《しるし》を見せるから、なんとか会わせてあげてほしいって、今度は正直に言って頼んだの」

「承知したわけだ」

「気持ちのいい人よ。さっぱりしててね。それで、ゆうべ会えるようにしてくれたわけ」

「それでか。いや、飯室があんなことするから、ぼくは驚いたよ」

「どんなだった？」

「ドアを開けて、奥に座ってるカミさんを見たとたん、ぼろぼろ涙をこぼすんだぜ。それから、跪《ひざまず》いちゃって、二百八十万円のダイヤのブレスレットの箱を差し出して、離婚届けをびりびり裂いて、飲み込んじゃうんだ。あれは驚いたね。君がそうしろと言ったの？」

「涙を流せとも、離婚届けを食べろとも言わなかったけどね。ほんとに、結婚を申し込んだときみたいに、真心《まごころ》をせいいっぱい表現しなさいって、言ったのよ」

「なるほどねえ。そういうことだったのかい」

「よかったわね」

「そうだなあ。ママさんが、ヨリ戻し祝いに、ドン・ペリニヨンとかいうシャンペンを一本プレゼントしてくれたしね」

「おいしかった？」

「ぼくはビールの方が好きだ」

「ほほほ。ずいぶん盛り上がったの？」

「乾杯、乾杯でね、気がついたら二時だった」

「飯室さんたちは？」

「銀座のホテルさ。そうだ、あれは、ひょっとして、君が予約を――？」

「さあね。でもいいわねえ、新婚旅行みたいで」

「なんだか、大変に馬鹿馬鹿しいような気もする」

「友達のためにいいことしてあげたんじゃないの」

「これで、また浮気でもしやがったら……もう、しないよな」

「ほんとに心からそう祈るわ。男の人って、悲しいくらい忘れっぽいから」

妻は目を細めて外を見た。もう薄暗くなっている。ばさばさと音がした。妻は着物を脇に置いて菓子鉢の草加煎餅《そうかせんべい》を一枚手にとると、庭下駄をつっかけてオリーブの木の下にいった。ミミズクが、カリッ、カリッと小気味のいい音を立てて煎餅をついばむ。はて、男が忘れっぽいとは何のことだろう、ひょっとしてぼくのことを言ってるんではあるまいか、と考えたが、どうもよくわからなかった。わからないのなら、いいんだろうと思った。

かすかな逆光を浴びて浮かび上がった妻とミミズクのシルエットを見ながら、この光景はどこかで見たことがあるぞと、またぼくは思った。木の傍らに立つ女。今まさに沈まんとする夕日。その黄金色の光が、いささかメランコリックな女の顔の半分と、もの問いたげに目を見開いて女の顔を覗きこむ大きな鳥の頭部を濃緑青の背景から浮かび上がらせている。ああ、そうだ、昔何かの画集で見たんだと思い出した。それは、確か北ドイツの画家の描いた「アテナと梟《ふくろう》」と題する絵だった。

紅い珊瑚の耳飾り

激しい雨の音でぼくは目を覚ました。時計を見ると十一時半を少し回ったところだ。雨はゆうべ、ぼくがこの一ヵ月間ぐずぐずと格闘し続けてきた二百枚の中編小説を書き終えて、久しぶりにウイスキーを飲み始めたころからしとしとと降りだした。もうすぐ梅雨《つゆ》も明けるなあ、と思いながらぼくは真夜中に一人で祝杯を上げたのだった。普段なら夜は書かないのだけど、早く二百枚の苦界《くがい》から足抜けがしたくて最後の二十枚を一気に書き上げた。ウイスキーはもらい物のバーボンの銘酒で、大変にうまかった。作家になってよかったなあ、としみじみ思うのはこんなときである。

不思議に安らかな気持ちになるそのしとしと雨が、目覚めるとざあざあ雨になっていたのだ。梅雨の方も一気に仕上げにかかっているのだろうと思うと、なんだか愉快だった。そして寝床でその音を聞きながら、「あめあめふれふれ母さんが」と小声で歌っていたところ、突然「ばりばりどどーん」と激しい落雷の音がして、古い障子の桟《さん》がきしきしと音を立てた。と同時に、「きゃー」と叫びながら妻が駆けてきた。

「おー、やだやだ」と妻は言いながら、まだ敷きっぱなしの自分の布団にもぐり込んだ。いつもならさっさと床を上げるのだが、ぐっすり寝ているぼくを起こさないように、そのままにしてあったのだろう。

「なんだ、犬みたいだな」ぼくは笑った。

「なんで犬なのよ」と、妻は掛け布団の横側をトンネルのようにして、そこからぼくの方を見ながら言った。

「昔うちで飼っていた犬がね、雷と花火が嫌いで、その音がすると大あわてで家の中に逃げ込んでくるんだ。これ、外に出なさいと注意すると、あさっての方を見て聞こえないふりをする。面白いから顔を向けた方に回り込んでまた注意すると、また体の向きをかえて、『わたしにはあんたの声は聞こえないし、顔も見えません』と言ってるような顔つきで無視するんだ」

「かわいそうだわ。そっとしといてやればいいのに」

「そのあとはそっとしといてやったよ。でも、犬にしてみれば、途方もなく恐ろしい現象なんだろうなあ」

「わたしだって恐ろしいわよ」と、妻はトンネルの奥から返事する。なんだか穴熊のようでもある。

「犬はわけがわからないから怖いんだろうが、君は雷の原理も花火の仕組みも知っているだろう。理屈がわかってるのに怖がることはないじゃないか」

「理屈がわかったわからないで怖がるんじゃないわ。怖いものは怖いのよ。それに犬だって、理屈がわかっていて怖いのかもしれないわ」

「そんなことがあるかい」ぼくは笑った。

「笑うんなら、お昼の支度の続きはあなたがやってちょうだい」

「昼飯はなんだい？」

「お素麵《そうめん》」

「いいね」

「頼んだわよ。あとは茹《ゆ》でるだけだから」

ぼくは素麵を茹でてよく水でしめ、ザルに入れたまま、台所の隣の座敷（ここが我が家の居間兼食堂なのだ）のちゃぶ台に置いた。わざわざ別の容器に移すまでもない。つけ汁は妻がすでに作っていたから、それを深めのガラスのフルーツ皿に入れた。薬味は青ネギ。生姜もワサビもいらない。妻の里（というのは讃岐で、ぼくも同郷）の伯母が送ってくれた上質のイリコでとったダシのいい香りを、よけいなものを入れて損《そこ》なうのは愚かである。そして、妻が用意してあった卵焼きとナスのぬか漬けの皿をセットして完了。

「おーい、できたよ」

「はーい。雷さんはもういない？」と、くぐもった返事の声が聞こえる。

「もう遠くにいらっしゃったみたいだよ。早くおいで」

雨も小降りになってきた。ぼくらは紫陽花《あじさい》の花と、庭の端っこにあるオリーブの若葉を見ながら素麵をすった。素麵は二日酔い気味のときに食べるとことにうまい。つい四束分も食べてしまった。

「今日原稿を届けてくるよ。雨も上がったし」

「できたのね！　どうりでむさくるしいながらも晴々とした顔をしてるわ」

「三永堂《さんえいどう》（近所の本屋さん）でコピーをとっておくから、読んでみて。帰りに映画でも見てくるかなあ」

「そうすれば。お疲れさまでした。今夜はあなたの好きな献立をそろえとくわ。だけど、見苦しいからシャワーでも浴びていけば？」

「出かける前にキレイキレイすると、なんだか損をしたような気がするんだ」

「どういう理屈よ、それは」妻はあきれて笑った。「好きになさいな」


乗り換えのために新宿駅で下りて地下鉄の改札口に向かう途中、ぼくは突然呼び止められた。

「おいこら。そこの寝癖髪に不精髭を生やして紙袋を下げた挙動不審の中年男。職務質問するから立ちどまりなさい」

びっくりして振り向いたら、高校時代の友人で警察官の河田《かわだ》がにやにやしながら立っている。

「久しぶりだな」と、河田は言った。

「ひどい呼び止め方をするなあ」とぼくは言った。「警察は今でもそんななのか」

「あれは古典的職質だよ。今あんなこと言ったらエライめにあう。だけど、貧乏学生がそのままおっさんになったみたいだね、お前は」

「そうかな。一応これでもよそいきだけど」

「何を着ていてもほんの寝巻に見えるからすごい」

「お前だって、『七人の刑事』のころの刑事みたいだよ。近頃のドラマじゃあ、もっとパリッとしてるぞ」

「いいんだ。おれは腕利きだからどんな恰好をしていても」

「ほんとかね」

「ついこないだも殺人犯人を捕まえたんだよ。ああ、また表彰されてしまうなあ」

「すごいじゃないか。よし、お祝いしよう。ぼくも仕事が一段落したところだ」

「いったん署に戻らなきゃならないんだけど、その後どこかで待ち合わせしよう」

「それより、ぼくのうちにこないか。今日女房がうまいもんを用意して待ってるって言ってるから」

「いくいく。君の奥さんは料理がうまいもんな。あの親父さんにはしぼられたけどね。いくよ。七時ごろでどうだ?」妻の父はぼくらが通った高校の漢文の先生だったのである。

「了解」ぼくは警官のように敬礼した。

「何というか」河田はぼくの爪先から頭まで眺めて言った。「まさに蒸発四日目という感じだね」

ぼくは八王子から山の方にバスで二十分くらいいったところに住んでいる。河田は立川《たちかわ》に住んでいるから、以前はよく遊びにきたのだが、こうしてうちで一緒に飲むのは三年ぶりだ。早いものである。そう思って河田の顔をあらためてしげしげと眺めたら、めっきりおっさん顔になっている。髪の毛も、ぼくの記憶では『サンダーボール作戦』のころのボンドみたいだったのだが、今は『フレンチ・コネクション』のポパイ刑事のようだ。顔の造作は東映時代劇調の、昨今はあまり流行《はや》らないタイプの二枚目だったのが、今は老《ふ》けて顔面全体にずいぶん肉がついている。ふと鯛《たい》のカブト煮を連想した。これに与力《よりき》かなんぞのカツラを被せてみたいものだなあとぼくはひそかに思った。老けた二枚目は実にうまそうに妻の料理を次々と平らげた。

焼いたマテ貝の入った「分葱和《わけぎあ》え」、南瓜《かぼちゃ》のきんとん。讃岐名物の「醬油豆《しょうゆまめ》」。焼いたカマスのすり身と味噌をこね合わせた「さつま」、黒砂糖と醬油で煮つけた豆腐と揚げの煮物。カラ付きの小海老と拍子木《ひょうしぎ》に切った大根の煮しめ。新ジャガと小ぶりの目板《めいた》ガレイ（ぼくらの郷里ではこれをメダカと呼ぶ）の唐揚げ、などが今日の献立であった。

「ああ、田舎臭くて実にうまい！」と、カブト煮警部は言った。

「よかったわ、喜んでくれて」と、淡い藍色の着物の上に割烹着を着た妻は嬉しそうに言った。

「讃岐出身のこの年頃の男の人には、こういうのを出しとけばいいから楽だわ」

「うちは息子が二人いるからね、ごちそうというと肉ばかりだ。肉もいいんだけど、こういうのもたまには食べたいよ。とくに、ひと仕事したあとはね」

それから、話が河田の仕事のことになり（要するに、河田が話したかったんだとぼくは思う）、最近解決した殺人事件のことになった。

「酒飲んで顔をてらてら光らせているところを見ると想像もできないけど、君も大したもんだね」と、ぼくは素直に感心して言った。

「なあに、大したことはないんだ。長年やってるとね、こんな事件は現場をちょっと見れば見通せちゃうのよ」と、河田は悪びれることなく自慢した。

「どんな事件だったんだい？　話してくれよ」

「いいだろう」と、言って河田は話し始めた。

「先週の土曜日の夜十時過ぎに、人が殺されている、という電話による通報があった。場所は信濃町《しなのまち》の高級マンションで、被害者は葛城貴子《かつらぎたかこ》、四十六歳。ちょうどおれは署に居合わせたからパトカーで現場にいった。救急車が先に到着していた。すでに死亡していることは一目でわかったので、救急隊員は死体を動かすことなく、パトカーの到着を待っていたということで、おれたちがやってくると、バトンタッチという恰好で帰っていった。名乗らなかった通報者はまず一一九番に連絡したようだね。ところで、後の鑑識の報告を待つまでもなく、被害者は絞殺されたということが、おれには一目でわかった」

「どうしてわかったんだい？」と、ぼくは聞いた。

「だって、首の周りを紫色の線がぐるりと取り巻いているんだもの」

「なるほど」

「かわいそうに」と妻。

「現場を調べた結果、およそこんなことがわかった。被害者は五時過ぎにマンションに戻ってきた。車は白のベンツで、いつものように会社から自分で運転して帰った。彼女は貸しビル会社の社長で、大変なやり手という評判だ」

「結婚してないのか？」

「してるけど、順を追って話させてくれよ」

「おお、そうかい」

「同じマンションに住むデザイナーが、駐車場ですれ違ったとはっきり証言しているからこの時間は確かだ。そのデザイナーは出ていこうとしてたんだが、突然横からすーっと入ってきたベンツと衝突しそうになって、あわてたそうだ。互いにハンドルを切ってぶつからずにすんだから、デザイナーはそのまま車を運転して駐車場を出ていった。女社長の方は車を駐めて自分の部屋に帰り、一風呂浴び、ドレッシング・ガウンを着てやれやれとくつろいだころに来客があった」

「どうしてそんなことがわかる？」

「ブランデーの入ったグラスが二つあったんだよ」

「なるほど」

「あなた、黙って聞いたら」

「そして、おそらく口論になって、その客が激昂して揉み合いとなり――」

「よく聞く表現だけど、何を揉み合うんだろう？」

「あなた、黙って聞いてなさいというのに」

「客はアイロンのコードで被害者を絞殺した」

「アイロン？」と妻が言った。

「それがどうかしたかい？」と、ぼく。

「いいの、河田さん、続けて」

「まあ、常識で考えても、その客が犯人であることは間違いないだろう。で、その晩の捜査はそれで終えて、翌朝から本格的に捜査を始めた。近所の聞き込みやら何やらね。日曜日だったけれど、会社の専務にも朝から出頭してもらって事情聴取をして、事件の背景がわかってきた。その専務が被害者を最後に見た人物で、普段は休みの土曜日の午後、社長と専務が会社で神田《かんだ》にあるビルの買い取りの相談をしたんだそうだ。三十代の半ばくらいなのに専務だというから、この男も切れ者なんだろうな」

「ビルは買ったことがないが、いくらくらいするものかね、六、七千万円くらいするんじゃないか？」

「ケタが二つくらい違うよ」と言って河田は哀れむような顔で笑った。自分が買うわけでもないのにイバるない、とぼくは思った。

「相談の結論は『もっと検討してから』ということだったが、帰りがけに被害者は重大な発言をしている。一緒に飯でも食いにいきますかと専務が誘ったところ、残念だけど、ケリをつけるために今夜八時に亭主を呼んであるからだめだ、と答えて、ベンツを運転して帰ったそうだ。専務はそれからちょっと書類の整理をしたあと、銀座の行きつけのクラブにいった、と言う。

一応確認してみたけど、間違いなく専務はクラブで遊んでる。豪勢に鮨《すし》をとったりしてみんなに振る舞ったらしい。専務あてに電話がしょっちゅうかかってきたから、あの晩のことはよく覚えていると、クラブの従業員たちは口を揃えて言ったそうだよ」

「ケリをつけるとか、亭主を呼んであるとか、それはいったいどういうことかね？」

「それを今から言うんだよ、ほんとに話しづらい男だな、お前は。彼女と亭主は三年前から別居している。もっとも、夫婦仲は十年以上前から冷えきっていた。身内の話では、好き合って一緒になったんだそうだがね。とにかく、不仲になったもともとの原因は浮気らしい」

「亭主が浮気したのか？」

「今から言うと言うのに。それが、妻の方なんだ」

「へーえ！　それはまた——」

「黙って聞いてろよ。被害者はやり手だと言ったが、商売のためなら手段を選ばないというタイプらしくて、同業者や、議員さんや、銀行のエライさんたちと、とかく噂があった。話の半分としても、相当なものだ。ホストクラブにもよくいってたらしいし、若い歌手なんぞのパトロンみたいなこともやったことがあるそうだ」

「女ならパトロネスというべきだ」

「ああそうかね、うるさいね、まったく。仕事の方はほとんど女房が仕切っていたし、能力はあるし、先代の社長の娘だから、亭主は文句が言えない。おとなしい男なんだよ。それで、ずっと辛抱してたんだけど、とうとう腹に据えかねて家を出た。それが三年前だ」

「そんな女房なんか、さっさと離縁しちまえばいいじゃないか」

「女房がハンコを押さなかったのさ」

「どうしてだい？」

「河田さん、いいから無視して続けてちょうだい」

「要するに、女房は慰謝料を払いたくなかったんだと思う。それに、離婚して別の男と再婚しようというつもりもなかったから、うっちゃっといたんだが、亭主の方にも別の女ができた証拠を摑んだので、これで一銭も払わずに放り出せると思って離婚することにしたらしい。それで、土曜日の晩に亭主を呼んで、三行半《みくだりはん》をつきつけようとしたのだろう」

「女房の方がねえ」

「で、一銭ももらえずにボロ雑巾《ぞうきん》みたいに捨てられると知って、亭主は激昂してついに犯行に及んだと、こういう次第《しだい》だとおれは判断した」

「なるほどねえ」

「午後亭主を重要参考人として呼んで、事情聴取をした。死亡推定時刻は午後八時前後という鑑識の報告だから、その時刻のアリバイを尋ねたところ、これがほんとに脂汗を流すんだ。亭主は形の上では女房の会社の営業部長のままなんだが、会社には何年も前からいってない。給料は出てるが、それはちゃっかり女房が受け取っている」

「どうやって食ってるんだよ？」

「今は警備会社に勤めてガードマンをやっている。営業部長の仕事をしてたころに知り合った男が、まあ、拾ってくれたということなんだねえ。それで、まず、土曜日の八時ごろは虎《とら》ノ門《もん》のオフィスビルに詰めていた、と言うんだが、これはウソだとすぐわかった。別のガードマンが勤務してたんだ。それを指摘すると、映画を見ていたと言う。なんの映画をどこで見たか、といっても答えられない。しまいには、パチンコをしていたと言うから、ふざけるな、どんな台だったか言ってみろ、戦闘機か、スロットマシーン式か、回転ホール型か、どれだ、と怒鳴ると、ぶるぶる震えて真っ青な顔になる。パチンコなんて、やったことがないらしい。そこで、お縄、ということになった」

「なんだ、簡単な事件じゃないか。そんなの、ぼくだって解決できるぞ」

「まあ、軽いヤマだったね。だけどな、重要参考人として取り調べるときの、その畳みかけ方が、なかなか難しいんだ。おれだから、こう、緩急自在《かんきゅうじざい》に揺すぶったり脅したりして、へへー、恐れ入りました、という状態に追い込むことができたんだよ」河田はうまそうに猪口《ちょこ》を干した。

「大岡越前《おおおかえちぜん》みたいだな」

「それほどでもないがね。あっはっは」

「ご主人は自白したの？」と、妻が聞いた。

「まだだけど、時間の問題ですよ。今夜は落としの名人二人が取り調べてるからね、もうすぐ吐くんじゃないかな」

「お前はさぼってここで酒を飲んでるわけだ」

「二日間、びっしり調べたんだぜ。息抜きしないとおれがバテちゃう。それに、自白までさせたとなると、手柄を独り占めするみたいだからね、そっちはまかせたんだ」

「通報者は、そのご主人だったんでしょ？」と、妻がまた聞いた。

「その通り！　いいカンしてますね。そのことは白状しました。やつは現場にいたんだ。だからアリバイがなかったんです」

「だけど、犯行は自白してないんでしょう？」

「はい。マンションにいったとき、すでに妻は倒れていた、と言うんです。それで怖くなって逃げだして、公衆電話で通報したと言うんだけど、やったのは亭主に間違いないですよ」

「死体の様子はどんなふうでした？」と、妻は燗《かん》のついた徳利《とっくり》を二本、台所から運んできて言った。

「でっかいリビングルームの窓のそばに仰向けに寝てました。こう、手を合掌するみたいに胸の上で組んでね。ガウンの前もキチンと合わして、まるで眠っているようだった。ただ、その首にはアイロンのコードが巻きついていましたけどね」河田は妻の酌を受けながら言った。

「ほかに何か気づいたことは？」と、妻がまた聞く。犯罪ドラマもいやがる妻がこんなに興味を示すとは思わなかった。

「とくにないですねえ。殺される直前に風呂で髪を洗ったらしくて、後頭部やうなじあたりの毛はまだ濡れてたかな。あとはほとんど乾いていました。なんでもソバージュというらしいが、パサパサの髪がぶわーっと広がっててね。でも、唇にはうっすらと口紅が残っていたし、顔にも、なんて言うんでしたっけ、今の白粉《おしろい》は？」

「ファウンデーションかしら？」

「そうそう。そのファウンデーションが、ちょっとまだらだったけど、残っていたんで、色も白くて寝化粧をしているみたいでした。その顔に耳飾りの柔らかな紅い色が不思議によく似合っててね、なるほど、きれいな女だったんだと思って哀れになった。ただ耳飾りは片方だけでしたけどね」

「耳飾りだって」と、ぼくは笑って言った。「今はイヤリングというんだよ」

「いいじゃないか。紅い珊瑚《さんご》の耳飾りだったよ」

「珊瑚の耳飾り……」と、妻は小声でつぶやいた。

「片方とはどういうことだい？」と、ぼくは聞いた。

「もう一個は浴室の隣の洗面台の排水口のところに引っ掛かっていたのが発見された。洗った髪をとかすときにでも落ちたんだろう」

しばらく考えていた妻は言った。

「ほかに何か変わったことはありませんでした？　おやと思うようなことが？」

「うーん、とくに……。ああ、そうそう、部屋の中がすごく暑かったです。あの晩は雨が降って肌寒いくらいだったから、ぼくは上着を着ていたんだが、たまらずに上着を脱いでキッチンの椅子にかけておいたら、鑑識の若いのが躓《つまず》いて指紋の粉をいっぱい振りかけてくれましたっけ」

「なんで暑かったんだろう？」と、ぼくは言った。

「閉め切ってあったからねえ。浴室に通じるドアがあいてたから、そこから熱気がもれてきたんだろう。湯船にはまだ温かい湯がはってあった。高級マンションで、気密性や断熱性は抜群だからね」

「奥さんはガウンを着ていたと、河田さん言ったけど、その下はどんなものを着てましたか？」

「絹のネグリジェでした。その下は女の下着の上下」

「というと？」妻はみょうなことを知りたがる。

「なんか、奥さんの前じゃ照れるけど――だから、ブラジャーとパンティーですよ。これも上等の絹の製品でね。遺体が身につけていたのはそれだけ。そうそう、着るものと言えば、ぼくはたまげたよ。衣装ダンスも調べて見たんだが、ずらーっと高そうなやつがならんでいる。詳しいやつに聞いたんだが、彼女のはワンピースでも、五、六十万はするんだそうだ」

「馬鹿を言うな」とぼくは言った。「ぼくの背広は上下で三万八千円だったぞ」

「知らないよ、そんなことは。とにかく世界のトップクラスの品なんだそうだ。金が有り余ってたんだね。まあ、彼女の場合は商売道具でもあったわけなんだろうが、そんなに金があるんならちょっとは亭主にくれてやってりゃ、殺されずにすんだかもしれないのにな」

「河田さん」と、妻が言った。「あまりその旦那さんをいじめない方がいいわよ」

「いじめちゃいないですよ。でも、自白させなきゃね。何か気になりますか？」

「わたし、犯人は別にいるような気がするの」

「ははは。専門家にまかしてよ。そんなサスペンス・ドラマみたいなことにはなりゃしませんよ。こんな事件は今までいっぱい手がけてきたんですから」

妻は「そうかしら」と言ったきり、台所に引き取って洗い物を始めた。


翌日の昼過ぎ、河田から電話がかかってきた。

「おお、どうした？　亭主は自白したかい？」とぼくは聞いた。

「ああ。土曜日の夜八時ごろにいた場所を吐いたよ」

「というと？」

「アリバイが成立した」

「というと？」

「誤認逮捕ということになる」河田はうなった。

「どういうことだい？」

「亭主は愛人の小学校六年の息子に付き添って、病院にいってたんだ」

「どうして早くそれを言わない」

「おれを叱ってどうするんだよ。それはおれがやっこさんに言いたい台詞《せりふ》だ。実際もう、そう言ったんだけどね」

「どうしてなんだい？」

「愛人に迷惑をかけたくなかった、ということなんだが、それはゆっくり説明するよ。それより、奥さんはいるかい？」

「縫い物しながら居眠りしてる」

「すまないが、ちょっと起こしてくれないか。意見を聞いてみたいんだが」

「ぼくの意見は？」

「いい」

「いいとはなんだ」

「事件が解決してからゆっくり聞くよ。すまんが、奥さんに代わってくれ」

妻は玄関を入ってすぐのところにある電話で三十分ほど話していた。ぼくは居間で寝ころんで本を読んでいたのだがさっぱり頭に入らなかった。

「どういうことかね？」ようやく居間に戻ってきた妻にぼくは聞いた。

「旦那さんの愛人は——この『愛人』という言葉、なんかわたしいやなんだけど——、まあ、その愛人は未亡人でね、警備をしているビルの中にある会社にパートで勤めている人なのよ。二人はその人のアパートで一緒に暮らしているらしいわ。未亡人だけど、まだ一周忌も終わってないの。お子さんは高校三年の女の子と、小学校六年の男の子がいるんだけど、その養育費を亡くなったご主人の実家から援助してもらっているらしい。女の子の大学進学の費用も半分出してもらえるという取り決めなんだけど、なにしろ旧弊で格式張ったうちらしく、もし一周忌も終えないうちに別の男の人と一緒になってたりしたら、きっとそのお金はもうもらえなくなるでしょう。それで、旦那さんはその人に、絶対一緒に暮らしていることを言っちゃいけないと口止めしたのね。自分は無実なんだから大丈夫だ、と言ってね。だけど、重要参考人から容疑者ということになった。無実は信じていても、このままではどうなるかわからない、と心配になって、その人が出頭して、全部話したというわけ。男の子がバイクにはねられて救急病院に運ばれたときに、母親と一緒に旦那さんもついていってたのよ。そのことは母親だけでなく、病院の人や救急車の人も証言したから、アリバイは完璧ね」

「それで？」

「男の子は大腿骨《だいたいこつ》を折ってたけど、命には別状なかったの。よかったわ」

「よかったとぼくも思うが、それで、河田は君に何を聞きたかったんだい？　君に聞けば犯人がわかるとでもいうのかな」ぼくは苦笑した。

「見当はついてるわ」

「だれだい？」ぼくはびっくりして言った。

「専務よ」

「専務にだってアリバイはあるだろう」

「巧みに作ったアリバイがね」

「ほんまかいな！」

「河田さんもびっくりしてたわ。でも、それ以外に考えられないのよ。だから、そのことを証明する証拠を見つけるように、河田さんに言ったの」

「ふーん」

「で、あなたの出番よ」

「ぼくが？」

「そう。やっぱり現場の様子を知らないとね。でも、わたしはそんな殺人現場なんか怖くていけないから、あなたが代理でいって調べてきてほしいの」

「何を調べるのかね」ぼくは大いに興味をひかれて聞いた。

「マンションの間取りと、死体のあったリビングルームの様子を絵に描いてきて。それから、リビングルームにある電気器具の状態もよく見てきてちょうだい。とくにエアコンが取り付けられている位置とか、いろんなスイッチの状態も正確に紙に書き写してね。そして、お風呂場と洗面所の様子も、細かく見てきてほしいの。そこに置いてある入浴用品や化粧品は全部リストアップして。あと、被害者のベンツはまだ駐車場にあるそうだから、その様子も。車は外から見ただけでいいからね。明日の一時に河田さんが四谷署で待っているから、合流して一緒にマンションにいけばいいわ」

狐につままれた心地とはこういうのをいうのだろう。

小雨が降っているのに河田は警察署の前で待っていた。そしてぼくを見つけると、まだ十メートル以上距離があるのに茶封筒をぼくの方に突き出した。

「奥さんに見せてくれ」

「なんだ、これは？」

「奥さんが知りたいと言ったデータをピックアップしたレポートだよ」

「ふーん」ぼくは封筒をそのままバッグにしまった。

「こっちだ」河田は駐車場の方に歩いていく。黒塗りの車が近づいてきて河田の所に止まった。

「ほい、乗ってくれ」と言って河田がドアを開けた。運転しているのはものすごく喧嘩の強そうな若い警官である。ぼくと河田が後部座席に座るや否や、車は走りだした。

「サイレンは鳴らさないのか?」とぼくは聞いた。

「鳴らしてほしいのか?」

「うん」

「残念だけどその必要がないからな。だめだ」


ぼくは妻に言われた通り、見取り図を描いたり、リストを作ったり、スケッチをしたりした。それを覗き込んで、河田が言った。

「なんで色をつけるんだよ?」

「正確に、って言われたからね。そのために色鉛筆を買ってきたんだ」

「色まで塗ることはないと思うがね」と、河田は言った。でも、途中まで塗ってやめるのはいやだったから、ぼくは居間の様子だけは色つきで仕上げた。我ながらなかなかの出来である。待ちくたびれた河田はソファーでこっくりこっくり居眠りをしていた。穏やかで気持ちよさそうな寝顔だったので、いきなり「ワッ!」と言って起こしてやった。

白いベンツには左のボディーにこすった跡があった。その傷は駐車場の柱でできたものらしかった。窓にはフィルムが貼られていて、外からでは中の人間の顔は見分けられないだろう。言われた通りのことを調べおえるのに、四時間もかかってしまった。

妻は夕闇の中で、オリーブの枝にとまったミミズクに乾パンをやっていた。ミミズクはすっかり慣れていて、毎日この時刻にかかさずやってくる。「くるくるぽーぽー」と鳴いてミミズクはパリパリと乾パンを齧《かじ》った。

「おーい、名探偵」と、ぼくは呼びかけた。「調査してまいりましたよ」

「おかえりなさい」妻はにっこり微笑んで言った。ミミズクは邪魔されたのに腹を立てたか、じろりとぼくをにらんだ。

妻はぼくの見取り図と、スケッチやメモに入念に目を通し、河田からのレポートも、ときおりうなずきながらじっくり読んだ。それから河田に電話をかけた。ぼくは隣に立って聞いていた。

「はい。わかりました。お話しした通りでした。ええ、逮捕なさって結構です」それだけ言って妻は受話器を置いた。

「これで、解決かい？」

「そうよ」

「信じられないなあ。いつからわかってたんだい？」

「最初っから」

「ふーん。ぼくも同じ話を聞いたんだよ」

「この事件に関しては女の方が有利だったのよ」

「どうして？」

「あとでゆっくり話してあげる。夕御飯の支度をしなくっちゃ」

夕食の途中で電話が鳴った。妻が箸を置いて電話に出た。

「河田さんから。専務が自白したそうよ」と、五分ほどして居間に戻ってきた妻はまた箸をとりながら言った。「仕事のていねいな助手の方によろしくって」妻は笑ってつけ足した。

「そんなことより、ほら、話してくれよ」

「ご飯が終わってからにしましょう」妻は静かに答えた。「楽しいお話じゃないんだから」


雨は上がった。庭からかすかにひんやりとした風が吹いてくる。草も樹木も多いこのあたりではそろそろ蚊が出始めたから、蚊取り線香を点《つ》けてある。ぼくはこの線香の匂いが好きだ。寝そべってウイスキーをちびちびやりながら、団扇《うちわ》をぱたぱた。洗い物を終えた妻が針仕事の道具を持ってそばにやってきた。近所の双子の女の子のための浴衣《ゆかた》で、一つは西瓜、もう一つは桃の実の柄である。

「可愛い柄でしょう」と、妻は言った。「こんなのを着せてやれる子供がいたらねえ」

「かわりにぼくのを縫ったらどうかね」

「そうね。オニヤンマの柄のがあるから、あれで縫ってあげましょうか」

「それより、はやく殺人事件の種明かしをしてくれよ」

「ええ。わかったわ。あなたが質問して。それに答えるから」

「何から聞くかなあ」ぼくは団扇の柄でぼりぼり頭をかいた。「おお、フケが出る」

「いやねえ。ちゃんとお風呂に入って頭を洗ってよ」

「そうだ、風呂だがね、河田のレポートに、風呂の湯の検査結果というのがあった。あれは、何のためなんだろう?」

「奥さんはあの晩お風呂には入ってないのよ。それを確かめたかったの。検査すればそれは簡単にわかるだろうと思って」

「で、わかったと?」

「そう。入浴剤しか入ってなかったわ」

「それがどうして大事なんだい?」

「偽装工作を証明する一つの傍証というところかしら。犯人の専務は、奥さんがちゃんと家に帰って、お風呂に入ってくつろいでいた、と思わせたかったの」

「どうして?」

「現場がそのマンションじゃなかったからよ」

「どこだったんだい?」

「会社の社長室」

「すると、土曜日の午後、ビルを買い取る相談をしたとき、ということか？　意見が分れてそれで殺した？　そんなことで人を殺すかねえ？」

「買い取りの相談だと言ったのは専務自身よ。その証言はあてにならないわ。河田さんに言って専務の自宅を家宅捜索してもらったら、専務の多額の遣い込みを証明する帳簿が出てきたの。専務は経理を担当している女の人と関係があってね、帳簿を操作させていたのよ。奥さんはその女の人よりも前から専務と関係があった。男女関係とお金の両方で裏切られたのを知ったわけよ。それで専務を呼んで警察に訴えると宣言した。突然悪事を暴《あば》かれてあわてふためいた専務は奥さんを殺してしまった、ということなのよ」妻はここでちょっと顔をしかめた。

「なるほどねえ。だけどどうやって死体を？」

「あの日、他の社員は出社してなかった。死体を担《かつ》いでエレベーターで下りて、駐車場の奥さんのベンツに乗せて、自分で運転して奥さんのマンションにいった。駐車場にはおじいさんの警備員が一人いるだけだから、その目をくぐるのはそうむずかしいことではないわ。車のウィンドーには、あなたに見てきてもらったように、黒いフィルムが貼ってあるでしょう。だれが運転してるか外からちょっと見ただけではわからないわ。実際、同じマンションの人がこの車が入ってきたのを目撃しているけど、運転者にはまったく気づいてないもの。これは想像だけど、多分目撃者に印象づけるために、わざとへたくそな運転をしたのではないかしら」

「こすった跡があったもんな。アリバイのため？」

「そう。それで車が戻ってきた時間が正確に特定されたわけよ」

「ふーん。それから？」

「死体を部屋に運び込んで、考えてきた工作を次々に実行していった。まず、死体のスーツを脱がして洗面所に連れていき、髪を洗った。風呂に入ったというふうに見せかけるためにね。実際に風呂に入れるのは大変だし、時間も迫っていたから、髪と顔だけ、シャワーつきの洗面台にもたせ掛けて洗ったわけよ。そのとき、イヤリングの片方がとれて、排水口のところに転がったんだけど、お湯をいっぱいに出して洗ってたから気づかなかったのね」

「赤い珊瑚の耳飾りか……」

「わたしがひっかかったのはこのことなの。洗った髪をとかすときに落ちたんだろうと河田さんは言ったけど、髪をとかすときにイヤリングがとれて、それに気づかない女なんていないわよ。そもそも、ごく小さなピアスならともかく、イヤリングをつけたまま髪を洗ったりしないわ。だから、どう考えても河田さんの解釈はおかしいと思ったわけ」

「そうか！」

「ほかにもいっぱいおかしなことがあるのよ」

「ありましたかねえ？」

「奥さんの死体を見た河田さんは、うっすらと化粧が残っていて、寝化粧をしたみたいだ、と言ったでしょう」

「洗いが足りなかった、というだけじゃないのか」

「それがおかしいと言うのよ。奥さんはものすごく身なりや美容に気を遣う人でしょう？　そんな人がそんな顔の洗い方をするわけがないの。最近の化粧品はなかなかメイクがくずれないようにできているの。とくに夏用のものはね」

「ああ、そうかね」

「そうなのよ。メイクがくずれにくいということは、洗っても落ちにくいということなの。石鹸でざっと洗ったくらいじゃだめなのよ」

「じゃあ、どうするんだい?」

「メイク落とし専用の洗顔料があるのよ。クリーム状とか、ジェリー状とか、いろいろね。あなたが現場にいって作ったリストの中に何種類もあったじゃない」

「リストを作ってて気づかなかったよ。そういやそうだ。だけど、あんなに何種類もいりゃしないだろうにな」

「それぞれ用途があるし、また、彼女はそういう製品は新しいものが出ると、次々に試していたのじゃないかしら」

「ご苦労なことだ」

「男の人にはわからないかもね。彼女は今でもとってもきれいな人だそうだけど、四十六歳できれいであり続けるには、相当な努力も必要なのよ。化粧品の中には肌の栄養を補うためのものもあるけど、大抵は肌にとってよくないものなの。だから、寝る前には必ずきちんと落とさないときれいな肌を保てない。彼女みたいな人が、うっすらと化粧が残るような顔の洗い方をするはずがないのよ」

「うーん」

「さらに、河田さんに、鑑識の報告書を見てもらって、髪の表面にはシャンプーの成分がずいぶん残留していること、コンディショナーやリンスの類を使用した形跡はないことを確認してもらったの。彼女はソバージュだったそうだけど、パーマをかけた髪は傷みやすいからね、そんなヘアケアの仕方を彼女がするわけはないのよ。ほら、河田さんは『パサパサの髪がぶわーっと広がっていた』と言ったでしょう？　まあ、こんなことから、彼女は自分で風呂に入ったわけでもなく、自分で髪や顔を洗ったわけでもない、とわかったわけ。とすれば、彼女はもうそのときは死んでいたということになるでしょう？」

「女を殺すのは大変なんだなあ」と、ぼくは言った。

「なんという表現よ、それは」妻はぼくを睨んだ。

ぼくはあわてて首を振った。「冗談だよ。それからどうしたんだろう？」

「寝室からネグリジェを持ってきてそれを着せ、さらにドレッシング・ガウンも着せ、窓のそばに放り出し、首に衣装部屋から持ってきたアイロンのコードを巻きつけた」

「それからブランデーのグラスをセットして、一丁あがりか」妻がまた睨んだので、ぼくは首をすくめて続けた。「だけど、死亡推定時刻のことはどうなるんだろう。鑑識は八時前後という見解だった」

「そこが専務の悪知恵なのよ。窓のそばに死体を放り出したと言ったけど、窓の上の壁にはエアコンがあったでしょ。あなた、スケッチでちゃんと描いてくれたじゃない。素敵な色彩で」

「サイドボードのマホガニーの色を出すのがむずかしかったけどね。なかなかいいスケッチだったろう？　だけど、それがどうした？」

「エアコンのスイッチは『暖房』の方に入ってたでしょ？」

「うん。それは確かだ」

「変だと思わなかった？」

「冬使ったきりで、今年はまだ冷房の方を使ってないのかと思った」

「先週はこの八王子で三十六度まで上がったのよ。都心はいくらか涼しいとしても、まず冷房を使ってないわけはないでしょう」

「じゃあ、なんのための暖房なんだ？」

「死体の温度を下げないためよ」

「どうして？」

「死亡時刻を推定する重要な、そしてもっとも簡単に得られるデータは、死体の温度なのよ。体温の降下状況で、およその時刻が推定できるの。胃の中の食べ物の消化状況もあるけど」妻はちょっと顔をしかめて言った。「胃の中は空っぽだったから、この線では何とも言えない、ということらしいわ。血液なんかも調べるらしいけど、結局、鑑識はすべての状況を総合して、八時前後という結論を出した。専務の目論見《もくろみ》どおりにね。実際の死亡時刻は、四時半から五時の間くらいではないかと思うけど。専務はエアコンの温風を死体にあて続けることによって、体温が下がるのを遅らせて、鑑識を誤った結論に導いたわけね。そのほかの状況からしても、いかにもお風呂から出て間もなく殺されたように見えるし、わざわざ溜めておいたそのお湯の温度も、あまり下がってなかったから、細かい矛盾を結果的に無視して、ああいう結論を出したんでしょう。あなたがキチンとメモしてきてくれたのを見ると、送風口はほぼ真下——ということは、まっすぐ死体に向けられていたわけでしょう。おそらく、ご主人が訪ねてくる予定の八時ちょっと前に切れるようにタイマーがセットしてあったんでしょうね」

「それで、暑かったんだ!」

妻はにっこり微笑んだ。「辻褄《つじつま》が合うでしょう」

ぼくはしばらくその状況を想像してみた。

「だけど、社長は河田がいったとき、きちんと仰向けに寝て、手をこう胸の上に組んでいたというじゃないか。あれは、どうして?——あ、亭主か!」

「きっとそうでしょう。ご主人は、愛人の息子さんに付き添って病院にいったので、予定の時刻よりも二時間ほど遅れたわけだけど、奥さんの死体を見て——さぞビックリしたことでしょうけど——ガウンの襟や裾を直したり、手を組んであげたりしたんでしょう。かつては好き合って一緒になった奥さんだものね。そうせずにはいられなかったのだと思う。それから外に出て一一九番に電話した。死んでいると一目でわかっても、警察じゃなくて、まず救急車を呼んだのね」妻はここでいったん言葉をきり、縫い物の手をとめて何か物思いに耽《ふけ》っている様子だったが、やがてまた口を開いた。「その間、専務は銀座で豪遊してたんだけど、しょっちゅう電話がかかってきたとクラブの人が言ってたでしょう? あれは、おそらく遣い込みの共犯の女の人が見張りをしていて、まだ夫が現れない、とか、ようやくきた、今救急車がきた、パトカーがきた、なんて、逐一報告してたんだと思う。豪遊しながら、気が気じゃなかったでしょうね」

ぼくは唸った。「だけど、考えてみれば、帳簿も含めて、こういうのは状況証拠だよね」

「だから河田さんに社長室を調べてもらったわ。とくに、電気のコードをね」

「すると？」

「あったの。専務は社長を、電話の受話器の台についているコードで絞殺したのよ。専務の指紋が、そのコードだけでなく、受話器の台の裏側にもついていた。鷲摑みにしたんじゃなければ、そんなところに指紋はつかないわ。その折にコードレスの受話器は床に落ちたらしくて、壊れていたの。中の部品——わたしにはよくわからないけど——が外れたのを、専務があとで直したんだけど、それを逆向きにつけたもんだから、音が出なくなったのよ。あわててたのね」

「それでも弱いんじゃないかな？」

「そのコードにね、社長の使っているファウンデーションがついていたの」

「なるほど！　でも、よくそれに気づいたね」

「死体の首にはアイロンのコードが巻かれていたでしょう。それで、ピンときたのよ。社長室にあるコードを探せばいいんだって」

「どうしてピンときたんだい？」

「ほら、死体があったのは豪華なリビングルームでしょ。そんなところにアイロンがあるのはおかしいわ。ガウンの紐があるのにそれを使わなかったのは、コードで絞殺したからよ。ガウンの紐では残る跡が全然違うでしょう。多分、専務は、実際に使ったのと同じようなコードはないかとリビングルームで探したでしょう。電話はあったけど、その受話器の台もコードも壁に固定されていて使えない。しかたなく衣装部屋でアイロンを見つけてきて、そのコードを首に巻いたんでしょうね」

オリーブの木の向こう側に、おぼろに霞《かす》んだ月が出た。その光のなかに、ミミズクのシルエットが浮かび上がっている。ミミズクは「ぽーぽー、くるくる」と鳴いた。

「このごろはいつもああしておやすみを言いにくるのよ」と、言いながら妻は立って縁側にいき、「おやすみ」と言葉を返した。ミミズクはばさばさと飛んでいった。

「この事件の謎解きに関しては女の方が有利だ、と君が言ったわけがやっとわかったよ」と、ぼくは氷が溶けてすっかり水っぽくなったウイスキーを飲みながら言った。「女のものばかり出てくるもんなあ。シャンプーにファウンデーションに——」

「あの下着のことも、ずいぶん変なのよ。気づかなかった？」

「どうして？」

「自宅でお風呂に入ってネグリジェを着るのに、ブラジャーなんかつけたりしないわよ」

「あ、なるほど」

「こうしたことの全てが、犯人を指さしていたような気がするわ。女の怨《うら》みね」

「怖いねえ」

「でも、あの耳飾り——最初にわたしが気にかかった珊瑚の耳飾りなんだけど」

「それがどうかしたかね?」

「彼女はお金持ちでしょう? 洋服だって、とびきり高級なものを揃えてるわ。アクセサリーだって、何百万もするのがいっぱいあったそうよ。それがどうして珊瑚の耳飾りなんだろうって、どうも不思議だったの」

「珊瑚ってのは、安いのかい?」

「そんなに高いもんじゃないわ。その台も、銀で、しかも大分黒ずんでいたらしいの」

「ふーん。どうしてそんなのをつけてたんだろう」

「だから、河田さんに頼んで、ご主人に見てもらったのよ」

「すると?」

「二人が新婚旅行で高知にいったときに、ご主人が買ってあげたんですって」

「ほう——」

「その耳飾りを、ご主人と会って話をする日に、彼女はどういう気持ちでつけたのかしら?」

「ふむ」想像もつかない。

「専務の話では、彼女はその晩にご主人と会って、ケリをつけると言ってたそうだけど——」

「専務は本当のことを言ったのかな?」

「そのことについては、本当だと思う。だから、ご主人を犯人にしたて上げる計画を思いついたんでしょう。多分、専務の裏切りを暴く前の、軽い雑談の中で、彼女はそう言ったんだと思うわ」

「なるほどねえ」ぼくは、専務の目の前で彼女のにこやかな顔が一変する様を思い浮かべた。おお、怖い。

「ただ、ケリをつけると彼女が言った意味は、専務が想像したようなことではなかったんじゃないかと、わたし思うようになったの」

「どんな意味かね？」

「今となっては想像するしかないんだけど、彼女はご主人とやり直そうとしてたんじゃないかしら」

「あの女がかい？」

「会ったこともないんだから、どんな人だったかわからないでしょう」

「だって、どんどん浮気して、亭主を追い出した女だぜ」

「彼女がなぜそういう行動をとったのか、その理由は他人にはわからないことでしょう」

「亭主の方に何か落ち度があったのかな？」

「それもわからないことよ。でも、お互い心の底から憎みあっているのではないことは、死体を見つけたときのご主人の対応や、彼女があの耳飾りをつけていたことからもわかるでしょう。彼女はすごいやり手だったそうだけど、そういうふうに言われるようになるまで、いろいろ傷ついたり、悲しい思いもしたはずよ。ついには信頼した腹心で愛人の男にまで裏切られた。そして彼女はもう四十六歳。ご主人ともう一度やり直せたら、と思ったとしても不思議じゃないでしょう」

「でも、亭主の方にも、愛人がいた」

「そう。だから、実際に話し合いが行われていたとして、どんな結論になったか、それはわからないけれど、彼女はもう一度、結婚したころのような、素直でストレートな気持ちで生き直してみたかったんじゃないのかしら。もし、ご主人の方で愛人と一緒になる意思が堅いのなら、彼女は慰謝料をちゃんと払って——というか、財産を分与した上で、ご主人を解放してあげたんじゃないかしら。あくまでも、わたしの想像なんだけどね」

「そんな若い娘みたいな考え方をするかねえ」

「女はいくつになっても、娘なのよ。珊瑚の耳飾りのことを考えると、そんな気がしてしかたがないの。あるいは、そんなふうに思いたいの。だって好き合って一緒になったんじゃない。一体いつから歯車が狂ってきたのかしら？」

月を見上げる妻の目は濡れて光っていた。


梅雨も明けた一週間ほど後の夕暮れ、河田から妻宛に大きな宅配便が届いた。中には、西讃岐特産の大型のナス（皮が薄くてとびきりうまい！）と、大きな袋に入った新鮮なイリコと、アラメ（ヒジキに似た海草）と、半生のうどんと、見事なウルメの丸干しと、名物の練り物などが詰まっていた。ぼくは思わず万歳と叫んだ。

添えられた手紙には、「名探偵」への懇切な礼と、その「ほんの印として、郷里からとりよせたものを送りますので、どうか召し上がってください」ということと、「今度またおいしい料理を食べにいきたい」ということと、「これから暑くなる上に、むさくるしい亭主がいて大変でしょうが、どうかご自愛くださいますように」ということと、「またなんぞの折には是非とも相談に乗っていただきたい」ということが書き連ねてあった。ぼくへのメッセージは、「ぐうたらしてないで、どしどし原稿を書きたまえ」と、ただそれだけであるが、こんないい品物がどっさりあるのだから、河田の言うことなんかどうでもいいのである。

笑いながら手紙を読んだ妻は、早速イリコの袋をあけて齧ってみた。

「おいしいわ。これ、ずいぶん上等よ」

ぼくも食べてみた。「うん。河田にしては上出来だな」

ばさばさと、羽ばたきの音がした。妻はイリコを四、五匹手にとり、庭下駄をつっかけてオリーブの木の下にいくと、ミミズクに呼びかけた。「ほら、おすそ分けよ」

ミミズクはトントンと、階段でも下りるみたいに器用に下の枝に下りてきて、妻の手からイリコをついばんだ。その情景を見ながら、男には女のことがどれだけわかっているんだろうか、などとぼくはふと考えた。

おとといのおとふ

十月の連休に高校時代の同窓会が開かれるというので、二年ぶりに郷里に帰った。

いくら連休でも、今では日本中に散らばった同級生たちがどれくらいくるだろうかと、心もとなく思っていたのだったが、男九人、女十二人が集ったのだから上出来だろう。女の方が多いのはいささか意外だったけれど、四十五歳という年齢ではむしろ女の方が身軽に動けるのかもしれない。実際、ぜひ出席したかったのだが仕事の都合でどうしてもいけないから、せめて雨でも降りますように、また、来年は何カ月も前から仕事の段取りをつけておくようにするから、きっとまた同窓会をやってくれ、という、祝電体裁の長い恨み電報をよこした男もいた。

どうも、ぼくらぐらいの年ごろから人は同窓会が大好きになるようで、ぼく自身、素直にうきうきした気分でこの日を楽しみに待ったのであったが、いったいそれはどうしてなんだろうと、今これを書きながらふと考える。昔のクラスメートの女の子に会えるという思いに「胸がキュン」としたり、甘酸《あまず》っぱいときめきを覚えたりするわけではない。そういう気持ちが皆無だとは言わないが、なにしろ昔は女の子でも、今はそんなものどこにもいないということは、よく考えてみなくたってわかりきったことである。それでも楽しみなのは、同窓会というのが一種の「時間旅行」だからで、四半世紀あまりの時間の流れを、瞬時にいったりきたりすることができるという、すぐれて非日常的な体験だからではあるまいか。少年老いやすく、少女はさらなり。生い茂った雑木林の頭はサラ地となり、紅のリンゴの頰は下に垂れて西洋梨となった。これを無常というが、ぼくらは一人無常の海を漂うているのではなく、みんな一緒に仮借《かしゃく》ない時の流れを生き永らえてきたのだなあという思いは、どうして、むしろ愉快なもので、うまい酒を飲みながら語らううちに、こうして年をとったのはとても幸せなことだったのだという、錯覚か迷妄かしらんが、そんな気分さえ腹の底の方からぬくもりのように立ちのぼってくるのである。

二次会のスナックでも杯は重なり、酔眼朦朧《すいがんもうろう》。話は四方山《よもやま》、四方の海。しだいに遠慮がなくなって、はては夫婦の仲のよしあしなどに移って高らかに笑い転げているうちに、ひとりの女の子——もとへ——もと女の子が、亭主の窮状をおもしろおかしく訴えた。彼女の夫は警察官で、このあたりでは滅多に起こらない難事件を担当して、頭を抱えていると言うのだ。

「要するに、このままいったら迷宮入りじゃわい」と、まさに熟した西洋梨のような顔の松橋《まつはし》警部補夫人は言った。

「どなな事件な？」と、ぼくが大いに興味をそそられて尋ねると、この地元に暮らしている者たちが口々に解説しようとする。地元ではそうとう有名な事件らしい。だけど、みんな勝手にしゃべるので何がなんだかわからない。

「やっかましなあ！」と、ぼくは叫んだ。「松橋さんから事情聴取するから、ほかの人はカラオケやりよってつか」

「あれは、今から一週間ほど前のことじゃった」と、松橋さんは大丈夫かいなと思うほど濃い水割りで喉を湿《しめ》してしゃべりはじめた。ぼくは頬張った山菜を思わず飲み込んで聞き耳をたてた。

「椎原《しいばら》鉄鋼産業の会長で、町会の議長もつとめた椎原龍造《りゅうぞう》はんが——知っとるじゃろう？」

「知っとる」ぼくはうなずいた。戦後、ぐんぐんのし上がった資産家で、顔を見たことはないが、その名はもちろんぼくも聞いたことがある。

「その椎原の龍造はんが、散歩中に何者かに撲殺されたんじゃ」

「ほーっ！　ほんまな、それ？」

「うそやか言うかい。東京の新聞には出ざったえ？」

「最近、いそがしてあまり読んどらなんだ」

「ようそれで作家やっとるな」

「そういうのは、書かん」やや面目ない。「ほれで？」

「手掛かりがないんじゃ。本人に尋ねたらええんじゃろけど、いまだに意識がないがな、あんた」松橋さんは意味もなくぼくの手の甲をポンと叩いた。

「意識がない？　さっき、撲殺された、と聞いたけど？」

「撲殺されたんじゃけど、まだ生きとったんよ」

「それは撲殺とは……」

「撲殺いう言葉がわたしは気に入っとんじゃ」

「ほうな。しかし、まあ、助かってよかったな」

「助かっても、意識がのうて、捜査の役には立たん。うちのんは県警に勤めとるんじゃけど、地元の事件いうことで、担当になった。なったはええが、あんた、皆目《かいもく》ゴリムチャよ」

「え？　ああ、五里霧中か。で、目撃者は？」

「おるのかもしれず、おらんかもしれず、秋の風」濃いのをぐいぐい飲んでいたから、やっぱり酔っているらしい。

「山頭火《さんとうか》みたいじゃな。しかし……それはどういうことかいな？」

「目撃者が名乗り出てこんから、おるのかおらんのか、どっちともわからんよ、わたしは。いかげんなことは、わたし、よう言わんけんな」警部補夫人はいばって胸をそらせる。

「なるほど……。それで、現場の状況は？」

「龍造はんの家は、先《せん》には工場の近くじゃったが、音がやかまし言うて、柵田《さくた》の方に大きな家を建てた。敷地が、三百坪からあるんぞな、あんた」また、ぼくの手の甲をポンと叩いて、水割りをぐい。

「すごいなあ、それは。現場の状況は？」

　柵田といえば、町の中心からかなり離れた山のふもとだ。

「今からそれを言うんじゃがな。黙って聞いとり」

「ごめん」ぼくはいやに甘いイカの煮つけを飲み込んだ。

「龍造はんは散歩を日課にしとる」

「そうじゃ、さっき散歩の途中じゃ言よったな」

「やかましな。しとの話の先回りをせられん」

「ごめん」

「大きな邸宅——庭がすごいんじゃ。池だけでなしに、泥を盛り上げて山まで作っとらい」

「その散歩のコースは」

「やかましな。今から出かけると言よるのに」松橋さんはポンと手の甲を叩いた上に、今度はさらに手首の皮をつねってくれた。腹立ちまぎれというのでもないが、あだっぽい仕種《しぐさ》というには痛すぎる。

「痛い、痛い。わかった、黙って聞いとる」

「おーい、お前の番ど」と、ステージでマイクを持った友人が言った。カラオケの伴奏が始まった。誰かが勝手に入れといたようだ。何の歌かと思えば、島和彦《しまかずひこ》の『雨の夜あなたは帰る』だ。そういえば、三年前の同窓会でこの歌を歌ったが、誰かがそれを覚えていたのだろう。隠れたファンがいたのだ。

「ほれ、いっといで」と、松橋さんは言ってぼくの手の甲をまたポンと叩き、濃い水割りをぐいと飲んだ。

こんな風にリアリズムで細かく書くと、事件が起こるのはいつのことかわからないので、要約して記す。およそ以下のような事件であった。

椎原龍造（六十四歳、敬称略）は、十月二日の日曜日の午後四時ごろ、愛犬のエスを連れて日課の散歩に出かけた。エスは子犬のころ龍造が散歩中にひろって帰った犬だが、人懐っこくて性《たち》がいいから、散歩中もつながないで自由に駆けさせている。さて、家の前の道路をしばらくいくと道は二股に分れる。左側の太い舗装した方は田んぼの周りを大きく回り込むようにして、町の中心部に至る。右の道は緩《ゆる》やかな坂で、それを登っていくとだんだん山道みたいになってくる。さらにどんどんいくと大きな溜池があって、その周りをぐるりと一周すればおよそ一・五キロ、どの季節もそれぞれに美しい眺めで、散歩には絶好のコースだろう。一回りしたところで龍造は山中を駆け回っているエスを口笛で呼んで、一緒にもときた道を引き返すわけだが、その日は引き返せずに、溜池から五十メートルほどのところに倒れていたのである。

発見したのは、奇しくも龍造の昔からの友人で、椎原産業の営業を担当する子会社の、山尾《やまお》鉄鋼販売の社長、山尾徳太郎《とくたろう》（やはり六十四歳）である。同日午後六時ごろ、「地元ではみながうらやむ電話つきの高級外車（ごっつ、カッコえんどな、あんた。ポン）」で椎原邸にやってきた山尾は、開いていた玄関脇の木戸から庭に入ってきて、廊下に出した揺り椅子で居眠りしていた龍造の母親マスに、「大変じゃ、龍造が溜池の近くで殴られて殺されとる、すぐ警察に通報せないかん」と言った。マスは耳が遠い上に精神の方もいくらか年とともに衰えていたから、「なんしに（そうじゃない）、リュウゾはガッコであんたと柔道の稽古しよるがな」の一点張りで（龍造と山尾は旧制中学の同級生で、ともに柔道部だったのである）、ついに話が通じなかったのだが、それをくわしく書くと大変なのでここでは略す。結局、「山尾さんのあわてふためいた様子にびっくり」しながらも、すぐ台所にお茶をいれにいったお手伝いさんの三好《みよし》さんが戻ってきて、話を聞いて警察に通報したのである。ちなみに、龍造の妻は七年前に亡くなっている。

警察が現場に急行してみると、たしかに龍造が道の端っこにうつぶせに倒れて、頭から血を流していた。そのかたわらで愛犬のエスが、くーん、くーんと鼻鳴きしながら、ビクターのマークの忠犬のような恰好で見守っていたが、いつのまにかいなくなった。警察の人間が大挙してやってきたので、驚いて家に逃げ帰ったのである。

ところで、警察も龍造の姿を見て死体だと最初は思った。なにしろ横にねじ曲げた首の恰好や、その横顔や、まるで糸の切れた操り人形みたいな奇妙な脚の恰好を見れば、とうてい生きているとは思えなかったのであるが、かすかな呻《うめ》き声をもらしたので首筋に手をあててみると、いかにも弱々しいがたしかに脈がある。そこで、あわてて救急車を呼んだというわけである。

龍造はこの町の真ん中にある総合病院の集中治療室に運び込まれて、辛《かろ》うじて一命をとりとめたが、後頭部にかなりひどい陥没骨折があり、右の足首と膝は複雑骨折していた。脚の方はおそらく倒れたときに折ったのだろうというのが医師の推定である。頭部の出血もかなりのものだったようだが、脳の組織自体は奇跡的に損傷を免れている。しかし、強い衝撃のせいでいまだに昏睡状態が続いており、片時も目が離せない状態であるという。

龍造が散歩に出かけるときの状況については、お手伝いさんが警察の質問に答えた。要するに、日頃とまったく変わりがなかった、ということである。椎原産業の会長の龍造は毎日七時に出社して、三時には帰宅する。そして、四時から犬と散歩に出かける。これは、日曜日も雨の日もかわらない。雨の日は龍造はフード付きのカッパを着てでかけるが、その日もいつものカーキ色のカッパを着て出かけたのであった。

これは通り魔とか行きずりの強盗の仕業《しわざ》ではなく、顔見知りの者の犯行だろうと警察は推定したのだが、被害者の人間関係について、とりあえず事件を発見した旧友の山尾に簡単な事情聴取をした。山尾は通報後も邸内に留まっていたのだ。

山尾の話では、椎原龍造は卓越した経営者であるのみならず、その人格も非のうちどころがなく、人の恨みを買うようなことはしたことがなかったと信じているが、やや、謹厳にすぎるところがあるかもしれない、ということである。それはいったい具体的にはどんなことを指しているのか、という問いに対して、山尾は特に具体的にどうこういうことではない、と言い渋ったが、何度も問われてようやく龍造の長男の道夫《みちお》(三十八歳、独身)のことを話した。長男は大学を出て父親の会社で働いていたのだが、あまりに仕事の仕方が「でたらめ——あ、いや、のんびりしすぎている」ので、とうとう会社をやめさせられ、今は勘当《かんどう》同然なのだと言った。

警察はさっそく長男から事情聴取しようと勤め先のパチンコ店に出向いたが、三日前から無断欠勤しているとのこと。これはいよいよ怪しい、と思って捜索した結果、この町に隣接するK市の飲み屋で泥酔《でいすい》していたのを発見した。

その市の警察署で身柄を保護し、翌日事情聴取したところ、給料をもらったので事件当日は競輪に出かけて、思いがけなく大勝ちしたので、競輪場で知り合った男たちをつれてあちこちの飲み屋をハシゴしたという。なんという店に、どういう順番で何時ごろいったのかという問いには「このわしにそなな無理なことを聞くな」といばって答えた。べろべろだったのである。だけど、いったいなんでそんなことを聞くのか、と逆に質問したので、父親の事件のことを話すと、ちょっと驚いたような様子を見せたが、さほど動揺した風でもなく、「バチがあたったんじゃ」と、平然と言い放つしまつで、これはいよいよ怪しいと警察は思い、さらに追及したところ、そうだ、事件の起こった五時ごろは馴染《なじ》みの飲み屋にいた、と言う。それは道夫が泥酔状態で保護された店だった。一体どういうことかと問い合わせてみれば、なんのことはない、たしかに道夫がきて、七時過ぎまでいて、出ていって、夕方そこで飲んだのを忘れてまた十一時過ぎにきたのだというから、だらしのない男である。だが、その店の板前やアルバイトの女の子にこっそり聞いたところでは、そのママと道夫はどうも親しい仲だそうで、日曜は定休日なのだけど道夫が「どうでも（どうしても）飲ませ」と言うので、二度にわたって店を開けたとママは言うが、アルバイトの女の子も板前もその日はいなかったわけでもあり、道夫のアリバイを完全に証明する証言と認めるわけにはいかない。

そこで、道夫を引き続き重要参考人としてひきとめて、あれこれ問いつめてみたが、たしかなことはわからない。そして道夫は、親父を恨んでいる人間は自分だけではない、他にもいっぱいいると言いだした。

それはいったい誰だ、と聞くと、先の町長選挙で現町長と争って敗れた前町長の名をまずあげた。道夫によれば、現町長は龍造の息がかかったというより、もう、まるっきりの手下で、龍造が大金を使って選挙の流れをひっくり返したのであり、前町長が男泣きに泣いて、龍造め、龍造め、と言いながら、鏡割り用の木槌でダルマの頭をぽかぽか叩いたのを、自分は見たと言った。

さらに、龍造に土地を売ったところ、その土地の真ん中に県道がつくことになって、その地価が何倍にもはねあがったのを知って、売値の倍で買い戻そうとしたが、龍造に玄関払いを食わされて、泣きながらその土地に大便をして帰ったという地主の話をした。

また、会社の中にも恨んでいる者はいくらもいる、と言った。成績不振を理由に部長からいきなり課長に格下げされた男がいる。さらに、そもそも今の社長——龍造の妹婿で、道夫には義理の叔父にあたるのだが、——この社長もけっして会長を尊敬し、信頼しているわけではない。要するに安い給料でいいように使われているだけで、全ての決定権も実権も、会長の龍造にある。道夫が常務をしていたころの役員会で、この社長は満座の中で面罵《めんば》され、「わしが拾うてやった雇われ社長が何を言うか」とまで言われたのだった。社長はその会議のあと、人けのない会長室で泣き声をけんめいに飲み込みながら、しきりに会長の椅子の脚を蹴飛ばしていたのを、たまたま会長印をとりにきた女子社員が目撃して、道夫に報告している。その女子社員は当時道夫の愛人で、なんでも報告してくれたそうだ。

「それだけでないで」と、道夫は続けた。今の町長も腹の中で龍造を恨んでいるし、関連会社の連中も、みな「ええようには思てないはずじゃ」

事情を聴取した県警の松橋警部補は頭を抱えた。だが、道夫がはっきりそう言う以上、その証言に沿って全員調べてみないわけにはいかない。そこで、道夫を見張りつきでいったん家に帰したあと、裏付け捜査を行ったが、どの人物にも道夫以上にはっきりしたアリバイがある。これで捜査が行き詰まった。

一方、鑑識の報告によれば、凶器はさほど鋭くはないクサビ状の刃を持つ鈍器、ということで、これもいったい何なのか見当がつかない。鉄鋼産業だから凶器になりそうな鈍器は被害者の周りにいっぱいあるが、どれもぴったりこない。「いったい何でやりくさったんじゃ！」と、松橋警部補が食事中に突然叫んだりするので、夫人はびっくりして幾度か味噌汁や茶をぶちまけたこともあるそうである。

「気に入ったシルクのブラウスがワヤになった。こっちもえらい損害じゃ」と、松橋さんはポンとテーブルを叩いて言った。ぼくの手の甲を叩こうとしたのが、酔っぱらって失敗したのである。

およそ以上の内容を、ゆらゆらと体も声も揺れる松橋さんからぼくは聞いたわけであるが、これは楽ではなかった。周りはカラオケでうるさいし、しょっちゅうほかの人間が口を出して推理というか、根拠に乏しい憶測を披露したりした上に、ぼくは途中でまた舞台に上げられて、『人妻椿《ひとづまつばき》』と『思案橋《しあんばし》ブルース』を歌わされたのであった。

「という具合でなあ、ほかに捜査の糸口が見つからなんだら迷宮入りになるわ」と、松橋さんうもいい出したんですよ。それで、長男がやっぱり怪しいと最初のうちは思とったけど、最近はどうも自信がのうなった』言うて、機嫌が悪うて、もう、家の中がうっとうしいてしゃあないわ。どうぞならんもんかいなあ、ヒャックン！」

ヒャックンはしゃっくりの音である。ぼくは背もたれに体をあずけてゆっくり煙草をふかしながら、ちょっともったいぶって言った。

「どうぞならんもんでもないかもしれんで」

「なんか、ひらめいたん？」松橋さんが身を乗り出して聞いた。

「いや、そうではないけど、多分ひらめくんではないか、という人間を知っとる」

「だれ、それ？　おるんやったら、教えてくれんな」

「うちの女房じゃ」

妻はぼくの高校時代の国語の先生——専門は漢文であったが——のひとり娘で、ぼくの高校の四年後輩にあたる。だから、ぼくらが卒業してのちに入学したわけだが、ぼくの同級生たちはみんな妻のことをよく知っていた。これは恩師の娘ということもあるけど、地元ではわりと目立つ女学生だったようである。

ぼくが勤めをやめて作家専業となったのを機会に、ぼくらは八王子の山の中の辺鄙《へんぴ》な場所に一軒家を借りて暮らすようになった。ぼくの収入は多くはないが、子供もできなかったから、夫婦二人が慎ましく生活していく分にはどうにか足りる。妻は人に頼まれて着物の仕立てや染物をよくやっているが、これは生活費の足しというよりは趣味のようなものだ。ちょっと変わっているのかな、と思うこともないではないが、まあ普通ののんびりした主婦である。

だが、その普通ののんびりした主婦には特殊な能力が備わっていた。これにはぼく自身驚いたものだが、まるで小説の名探偵のような見事な推理によって、家出した知人の妻の居所を見つけ出し、さらには、殺人事件の真犯人を指摘しさえしたのである。

このことはぼくと、妻に家出された友人と、殺人事件を担当したやはりぼくの友人の四谷署の警部しか知らないことで、妻もあまり人には言ってほしくなさそうだったのだけれど、松橋さんの夫の窮状を聞いて（ぼくの酔いも手伝って）、つい、妻の能力について、まるで自分の手柄のようにチョロッとしゃべってしまった、というわけである。

「ぜひ奥さんに頼んでつか」松橋さんは何度か失敗しながらもなんとか両手を合わせて、深々とぼくに頭を下げた。ぼくはこころよく承知して、なかなかもとに戻らぬ松橋さんの頭を持ち上げてあげた。


ぼくが不安になったのは、三次会の小料理屋を出て、妻の伯母の家に帰る途中であった。ぼくも妻もすでに両親を亡くし、どちらの実家も空き家になっていて、ひと晩やふた晩泊まるためにどちらかの家を開けるのも手間だから、妻の伯母の家にやっかいになることにしたのだ。妻も今回一緒に帰省するはずだったのだが、急に風邪で体調をくずして泣く泣く（ほんとに妻は涙ぐんでいた）あきらめたので、相談するなら電話で、ということにならざるをえない。いくら妻でも大丈夫かしらと、急に不安になったというわけである。

女学校で薙刀《なぎなた》を教えていたという伯母が苦手なので、ぼくはおそるおそる裏木戸から入り、音のしないようにガラス戸をあけて家の中に入ったとたん、「おかえりなさい」という、リンとした声がして、ぼくは腰を抜かしそうになった。

居間の小さな電球の明かりに、今年七十五歳になる伯母の正座した姿が浮かび上がった。

「ただいま戻りました。遅くなって申しわけありません」ぼくも正座して答えた。「先にお休みになってくだされればよかったのに」

「そうは参りません」と、かすかに痰《たん》のからんだような声で伯母は言った。「可愛い姪からのあずかりものじゃほどに、あずかる者の責任がございます」

「あずかりもの？　ああ、ぼくのことですか。ははは。もういい歳でございますから、さように心配していただくまでも――」

「お黙りなさい。殿方はいつまでたっても殿方でございます」と、伯母は英語の諺《ことわざ》みたいなことを言った。それにしても、この伯母と話していると時代劇中の人物になったような気がする。

「ご心配かけて、まことに申しわけございません」ここは素直に謝る一手だ。

「叱っておるわけではございません。心配だからこうして待っておったのです」伯母の声が丸くなった。「同窓会はたいそう楽しかったようですね」

「はあ、実に愉快でした。ただ、最後の方で、先ごろ起こった殺人未遂事件の話になりましてね、それで、まあ、遅くなってしまったのです。いや、同級生の一人のご主人が事件を担当している刑事でして、捜査が大いに難航しておるという話なのですが――」

「椎原テッコ産業の会長の事件ですね？」

「そうです。それで、まあ、伯母様はご存じかどうか存じませんが、実は妻には犯罪の謎を解く才能がございますので、それで、妻に相談してあげようと、そんな約束をしたりしておりましてからに――」我ながら珍妙な言葉づかいである。

「あの子の力はよく知っております。聞いてみるとよいでしょう。だけれど、聞かなければ犯人もわかりませぬか？」

「誰もわからんようです」

「おやおや」

「伯母様はおわかりに？」

「ご近所の方のお話を聞いただけですけれど、それでも誰が下手人か、くらいはわかります」

ぼくはびっくりして、一瞬鳥肌が立った。

「では犯人は誰だと……？」

「発見者の山尾徳太郎にきまっているではありませんか」

「ほんとですか！」

「もう、とっくに警察は真相を知っていて、動かぬ証拠を固めているころだろうと思っておりましたが」

「警察は疑ってないようです」

「おやおや」

「しかし、それはまた……」ぼくはうなった。

「細かいことを考えるのはもうこの年ではわずらわしゅうございますから、あとは明日でも電話してあの子に聞いてください。ささ、歯を磨いて、お小用にいって、早うお休みなさいませ」

小柄な伯母のピンと背筋の伸びた後ろ姿を、ぼくはしばらくポカンと眺めていた。妻が七十五になったら、こんな風な老婦人になるのであろうかと、ぼくはふと思った。


翌朝は見事な秋晴れであったが、二日酔いで気持ちが悪い。朝食はけっこうですと断ろうと思ったが、伯母が朝からいそいそと心尽くしの朝食を用意してくれていたので観念して箸をとった。気をきかして粥を炊《た》いてくれてあったのが嬉しかった。そしていったん食べはじめると思いのほか食が進み、キスの一夜干しがうまくて粥をお代わりしてしまった。そして香り高いほうじ茶を飲むと、すっかり気分がよくなったのが我ながら不思議だった。

そして煙草をちょっとだけ吸ったのち（これ以上吸うとまた気分が悪くなりそうだったので）、妻に電話をした。

「もしもし、おはよう」妻と電話で話すといまだになんとなく緊張してしまうのはなぜだろう。

「もうじきお昼よ」と、妻が言った。まだ少し鼻声だ。

「風邪の具合はどうかね？」

「もう平気よ。久しぶりに帰れるというのに風邪をひくなんて、ほんとに間がわるいわね。無理してでも帰ればよかったわ」

「また機会はいつでもあるよ」

「この時期に帰りたかったのよ。雲山《くもやま》の萩の花はさぞきれいでしょう。麦積《むつみ》神社の境内の金木《きんもく》犀《せい》はさぞいい香りを漂わせていることでしょう」

やっぱり、こいつはちょっと変わっているのかな、とふと思う。

「あなたはいい思いばかりして、わたしは病の床に臥《ふ》せっている」

「ほんとに大丈夫かい？」

「大丈夫よ。冗談。今から汽車に乗るの？」

「それがね、帰るのはもっと後になりそうなんだ」

「どうして？　美味《おい》しいものをもっと食べて帰ろうと？　ああ、ようございますこと」

「そうじゃないよ。実は――」ぼくはひと通り説明した。

「安請け合いしないでよ。解決できなかったら、どうするの？」

また不安になった。

「すまん。つい、口が滑って、君のことをしゃべっちゃった。だけど、今度はむずかしそうなのかな？」

「簡単ではないかもしれないわ」

「伯母さんは、犯人は山尾鉄鋼販売の社長だと言ってるけど」

「それはその通りよ」

「やっぱり？　いったい君たちはどうしてそんなことがわかるんだい？」

「女の直感ね」

「直感？」

「ほほほ。うそ。聞いた限りでは、山尾徳太郎の行動だけがちょっと不自然だもの」

「ぼくは長男がやっぱり怪しいんじゃないかと思うんだけどな」

「道夫はただのドラ息子でしょう。もし彼が真犯人だとしたら、とんでもなくずるがしこいということになるわ」

「うーん。ぼくにはわからん。だけど、犯人がわかっているなら、事件は解決じゃないのか？」

「証拠がなかなか見つからないかもしれない、ということなのよ。もし、山尾がさっき言った不自然な行動以外にはヘマをやってなかったとしたら、いかにも怪しいけど捕まえられない、ということになりかねないわ」

「不自然な行動って？」

「椎原家に駆けつけて、龍造さんが殺されてると報告したこと」

「彼は龍造が死んでいると思ったんだ。警察だって、最初はてっきり死体だと思ったくらいなんだから、素人がそう思っても不思議はないだろう？」

「そういうことではないんだけど。とにかく、山尾の行動を慎重に調べれば、——もし運がよければ——真実が明らかになるかもしれない」

「じゃあ、引き受けてくれるんだね？」

「しかたないでしょう」

「今日松橋さんが旦那の警部補に引き合わせてくれる。相談しながら調べてみて、結果を報告するから」

「それから、椎原邸の中——庭も、家の中も、細かく観察して、おや、と思うようなことがあったら教えて」

「椎原の屋敷を？　なんでまた？」

「わざわざ山尾が犯行の後にやってきたんだから、何かわけがあると思うの」

「ふーん。わかった、そうする。いやあ、それにしても、引き受けてくれてよかった。助かった。勝手なことをして、と叱られるんじゃないかと思ってた」

「その代わり——」

「なんだい？」

「お土産を買ってきて」

「もちろん。何がいい？」

「杉川《すぎかわ》の生のうどん玉十個に、パックのおつゆが同じ数だけ。おクズシ（スマキ）と、エビテン（えび入りの揚げた練り物）と、ハンペさん（これまた、揚げた練り物で、三個ずつくしに刺してある）を五本ずつ。塩アン（塩味のアンコ）のお餅と、ヨモギ餅がそれぞれ十個、池田《いけだ》の白味噌をワン・パック。それから——」

「ずいぶん重くなりそうだなあ」

「じゃあ、最後に軽いものを。デビラ（カレイの干物）を一袋。以上」

「わかった」

「じゃあね。忘れちゃだめよ」

「うん。きっと報告する」

「お土産のことよ」

「あ、そうか」

「じゃあね」

妻は受話器を置いた。ぼくが多少重い思いをして——妙な響きの言葉だ——妻のウップンが晴れるならけっこうなことだと、ぼくはほっとして思った。

ぼくは約束の時刻に市の警察署に出向いた。松橋夫人が予定通り夫の警部補に紹介してくれた。素人が何を言うか——なんて顔をされるかと思ったが、警部補は大きな丸い顔に弱々しい笑みを浮かべて、深々とぼくに頭を下げたから、ぼくは驚いてしまった。松橋さんが妻のことをずいぶん大げさに話したようで、そのせいもあったのだろうけど、万策つきて藁《わら》にも縋《すが》るという心境だったのではないかと思う。

松橋さんが帰ったのち、ぼくらは近くのファミリー・レストランで打ち合わせをした。

「犯人は山尾です」ぼくは断定した。

「山尾……ですか？　それはまた、どうして？」

「妻がそう言うのです」

「しかし」松橋警部補は砂糖を山盛り三杯入れたコーヒーをかき回しながら、苦笑した。「山尾には、アリバイがあるんですがね」

「どんな？」ぼくはレモンスカッシュを一息で飲んだ。

「あの日、山尾は得意先の知り合い三人と、ゴルフをしています」

「あの日は確か雨ではなかったですか？」

「そう。午前中は小雨で、これくらいならやろうということで、午前十時ごろから始めたようです。だが、しだいに雨足が強くなって、結局ハーフだけで切り上げてクラブハウスに戻ったそうです。それが、午後一時ごろ。全員がそう証言しているから間違いありません」

「なるほど」おおようにうなずきながら、自分が名探偵になったような気がした。

「それから、山尾が経営に加わってるサウナにいこうということになりました」

「サウナ？」

「もちろん、クラブハウスにも風呂はあるんですが、雨で体が冷えているし、豪華サウナでじっくりあったまって、うんと汗を流して、美味いビールを飲もうということだそうです」

「いいなあ！」

「ゴルフはやられるんですか？」

「全然。ビールは大好きです」

「なるほど。その山尾が経営に加わっているというサウナは、『ローマン・バスランド』という名前で、ゴルフ場から車で十分足らず。インテリアも立派で、レストラン顔負けの美味い料理も出すそうです。サウナはもとより、いろんな種類の風呂があって、さらに、映画室や仮眠室まである。まあ、敷地こそさほどでもないが、サウナとヘルスセンターとレストランとミニシアターが一緒になったようなものですなあ」

「いいなあ」

「そこで連中は」警部補はぼくのあいづちを無視して続けた。「たっぷり汗を流したあと、かなり盛大に飲み食いしたそうです。それで、みんなけっこう酔ったので、リラクセーション映画でも見て酔いをさまそうということになり、安楽椅子の置いてある映画室で休憩することにしたんだそうです。映画といっても、大型のビデオ・プロジェクターを使ったものですが」

「リラクセーション映画ってなんです?」

「気分が落ちつくような情景をずーっと映していく映画です。南米の山の上の方にある自然の蘭の群生地とかね、雪解けのころのユーコン川とかね、そんな美しい情景がかすかなBGMに乗って、次々にスクリーンいっぱいに広がるんですわ」

「あなたも実際に見たんですね?」

「そりゃ、捜査の一環ですから」

「極楽捜査だなあ」

警部補はこのぼくの感想も無視した。

「連中が映画室に入ったのが、四時過ぎのことでした。そして、映画が終わった五時半ごろ、連中はようやく腰を上げ、身支度をして、六時前に全員車を運転して帰りました」

「なるほど」

「これは全員一致の証言で、さらに従業員たちもそれを裏付ける証言をしています。まあ、奥さんは何かお考えがあるのでしょうが、これはかなり立派なアリバイだと思うのですがね」

「うーん、かなり立派ですなあ」

「で、これからどうします?」警部補は落胆の色をありありと顔に浮かべて聞いた。

「椎原邸の捜査です」

「何か、出ますかね?」

「それはいってみないとなんとも言えませんね」

「ごもっとも」警部補は伝票をつかんで席を立った。「とにかく、いってみましょう」と言ったその声は、なんだかヤケクソのようである。正直言ってぼくも内心不安であった。

龍造の母親が、「どうぞ、どこでも見てちょうだい。じゃけど、ワルサはせられんよ」と言ってくれたので、ぼくと警部補は部屋という部屋を全部見て回った。龍造の妻はすでに亡くなり、ひとり息子は勘当同然だから、今この広大な家で暮らしているのは母親とお手伝いさんの二人だけである。ここに居候《いそうろう》したらどうだろう、などと考えながら、次々に調査していったが、別に「おや、と思うようなこと」はなかった。

そこで、庭に出て歩いてみることにした。なるほど、池もある、山もある。林もある。日当たりのよさそうなあたりには芝を植えてあり、その端っこに大きくてりっぱな犬小屋があって、そのかたわらで、その小屋とは全然釣り合わない感じの、ひと目で雑種とわかる茶色の犬が腹《はら》這《ば》いになっている。これが、龍造の愛犬のエス君なんだろう。

ぼくがしゃがんで、小さく口笛を吹き、小声で「エス、エス」と呼ぶと、ワンと一声鳴いて、うれしそうに尻尾を振りながらやってきたので、頭や顎を撫でてやった。気持ちよさそうにしているが、なんだか悲しそうにも見える。主人の姿が見えないからだろう。

ぼくはぶらぶらと庭を歩いて回った。そして、「おや、と思うもの」を見つけた。それは、明らかにスパイクの生えた靴の跡で、これがゴルフ・シューズだということはゴルフをやらないぼくにもわかる。その靴跡はほぼ庭一面にあった。池の周りにも、山の上にも、林の中にもあった。ぼくは廊下でじっと見ているお手伝いさんを呼んで、この靴跡について何か知っているかと尋ねた。警部補も、興味深げにぼくらの対話に耳を傾けている。

「それは、事件のことを知らせてくれた山尾さんの靴の跡じゃと思いますが」と、三好さんは、掃除してないと責められたかのように、おずおず答えた。「あの日、山尾さんは血相《けっそう》を変えて庭の木戸から飛び込んできました。ご主人がエスをつれて散歩にいくときは、たいてい木戸を開け放していくのです。それで、そこから山尾さんは入っておいでになったんじゃ、思いますけど」

「ふーん」ぼくは腕を組んだ。別におやと思うほどのことでもないか。「しかし、靴跡は庭中についてますな」

「とにかく山尾さんは興奮しておいでで、どうぞお上がりください、中でお待ちください、言うても、いや、ええ、とおっしゃって、いてもたってもおられんという感じで、しばらく庭を歩き回っておいでだったんです」

「なるほど」山尾はゴルフの帰りに事件を発見してここにすっ飛んできたのだ。つじつまは合っている。ぼくはがっかりしてしまった。

「ほかに、あの晩、何か変わったことがなかったですか？　どんなことでもいいんですが」

「そうですねえ……。変わったこととおっしゃっても……。そういえば――」

「なんですかいな？」

「山尾さんがおいでたときは、エスはおりませんでした。後から、倒れている旦那様についていたと聞きました。犬でも忠義なものでございます。それから、警察の方がお見えになって、事情を聞きたいからとおっしゃったので、庭にいた山尾さんはそこの石の靴脱ぎで靴を脱いで――白と黒のきれいな洒落《しゃれ》たお靴じゃなあ、と思うたんを覚えております。で、応接室で――そうですね、小一時間ほど話しておいでだったでしょうか。警察の、こちらの方もいらっしゃいましたが」

松橋警部補は大きくうなずいた。三好さんが何を言いたいのかわからなくて、ぼくはちょっといらいらした。

「それで事情聴取というんですか、それが終わって、山尾さんがお家に帰ろうとして、また靴を履いて庭に下りたとたん、いつのまにか戻っていたエスが、もう、ものすごい剣幕で山尾さんに向かって吠えたんです。わたし、もうびっくりして、これ、エス、エス、やめなさいと言うても聞かず、歯を剝《む》きだして吠えつづけるんです」

「ほう」

「そういえば、たしかにそうだった」と、松橋警部補は言った。「うるさいなあ、誰か犬をどっかに連れていけ、と言うたのを覚えとる」

「それで」三好さんは続けた。「わたしがエスをつないで、外に連れていきました。山尾さんはものすご怒っておいででした。エスはなかなか外に出たがらんで、えらい抵抗したんですが、いったん外に出たら静かになりました。それから、農業用水の近くまできたとき、さっきの反動がきたみたいに、こんどはクーン、クーンと、もう、つらそうに鳴くんで、わたし、しゃがんでエスを抱えるようにして、エスに言うて聞かしました。あのな、ご主人様は、死んどらせんのよ、病院にいったんよ、と、繰り返し言うて聞かしたら、ようやくクーンクーンがやみました。やっぱり、ご主人様の倒れた姿を見て、エスも気が動転しとったんでしょうかなあ」

「おとなしい、人懐っこい犬じゃと思いましたけどね」と、ぼくは言った。「興奮したりすると、そういう風に吠えることが、これまでにもありましたか？」

「いいえー」と、三好さんは力強く否定した。「わたしがこの家にお世話になるようになったんは、まあ、一年足らず前のことですけど、もう、すぐ慣れて、気性のええ犬じゃなあ、と思うておりました。だれにも吠えかかったことやかありません。山尾さんも、何べんもこの家においでになりましたが、これまでいっぺんも吠えたことがありません。あの日はよほどのショックをうけて、ちょっと頭が変になったとたんではないかと思うんですけど」

「ふーん」ぼくは唸った。子細《しさい》らしく唸りはしたが、何か糸口を見つけたということではない。まあ、変わったことと言えば変わったことかもしらんが、それが事件とどう結びつくのか、さっぱり見当もつかない。

ぼくらは母親と三好さんに礼を言って屋敷を出た。

「なんぞ、わかりましたか？」

「それを女房に聞いてみますわ」と、ぼくはさえない声で答えた。


警部補は伯母の家まで車で送ってくれた。

「いいお電話を待っております」警部補はエスみたいに悲しそうな目で言って、敬礼して帰っていった。

ぼくは早速妻に電話した。ベルが十回鳴ってようやく妻が出た。

「ごめんなさい。いま、ミミズクに大根をやってたの。しなびちゃって、スが入ってるから、捨てるなら食べてもらおうかと思ってね」

うちの庭には夕方になると毎日ミミズクがやってきて、妻から何か食べ物をもらってどこかに飛んでいく。

「大根も食うのか？」

「お芋ほどじゃないけど、けっこう好きみたいよ。それで、何か見つかった？」

「うん。おや、と思いはしたんだけど、事件に関係があるのかどうか」

「とにかく話してみて」

ぼくは出来るかぎり細かく今日の報告をした。無駄も多いのだろうけど、どれが省略できて、どれが肝心なのかがわからないのだから、はしょるのは危険なわけである。妻は最初はうん、うんと、小声であいづちを打っていたが、途中からその声も聞こえなくなった。軽く眉をひそめてじっと集中して聞いている割烹着姿の妻の姿が目に浮かんだ。

「というのが、今日の捜査報告だけど、何か、役に立つことがあったかな」

「最高の捜査よ、あなた」

「そうかなあ」わけがわからなくても、そう言われると嬉しい。「真相のヒントがつかめたと？」

「ヒントどころか、おかげでほぼ全部わかったわ」

「ほんとかい？　やっぱり、山尾が？　そういや、エスも吠えていたというし、そうか、エスは山尾が犯人だと知っているわけだね。目撃者なんだ！」

「その通りよ。あと、必要なのは、山尾をぎゃふんと言わせる証拠を見つけるだけ」

「そうか。どうすりゃいいんだい。目撃者のエスに聞けたら一番いいんだけどなあ」

「そう、エスに聞くのよ」

「どうやって⁉」

かすかな笑い声が聞こえた。「これは一種の賭なんだけど、やってみる価値はあると思うのよ。失敗してもともとだし。そのときはそのときでまた方法を考えましょう。でね、今からあなたに、呪文を教えるから、しっかり覚えて。それから、ご苦労さまだけど、また椎原の屋敷にいって、エスに会ってちょうだい」

「まさか冗談言ってるんじゃないんだろうね？」

「本気も本気。わたしを信じて」

「そりゃ、信じるけど」

「で、ね、エスと二人きりになって、一緒に腰を下ろすの。そしてやさしく頭や肩を撫でてやりながら、『お前の知ってることを教えておくれ』と、強く心に念じながら、エスの耳に口を寄せて、そっと――そっとよ。できるだけ優しい、ふかーい声で、そーっと呪文を囁《ささや》くの。繰り返し、繰り返しね。根気よく」

「そうすると？」

「エスがわたしたちの探しているものを、教えてくれるわ」

「ふーん。とにかくやるだけやってみるよ。で、その呪文は長いのかい？」

「ううん。全然長くないから、すぐ覚えられるわ。いい？　こういうの。『おもとにとうろう、おとといのおとふ』」

「なんだ、そりゃ！」

「いいから、言った通りにしてみて。覚えた？　じゃあね、電話待ってるわ」

三好さんはまたきたぼくを見てちょっと驚いたが、正直にわけを話すと、大きくうなずいていったん奥に戻り、庭の木戸をあけてくれた。

「ヘンなことをする、とは思いませんか？」と、ちょっと恥ずかしくなってぼくは尋ねた。

「いいえ、犬は人の気持ちがよくわかる動物ですからね」と、三好さんは答え、「どうぞごゆっくり」と言って家の中に入っていった。

エスは犬小屋のかたわらに立って、尻尾を振りながらこちらを見ている。ぼくがしゃがんで口笛を吹くと、体を斜めに保ったまま、嬉しそうな、照れくさそうな仕種で軽く飛び跳ねながらぼくのところにやってきた。

ぼくはまた立ち上がってエス、エス、と小声で呼びながら、芝生のところにいって腰を下ろした。エスも隣に腰を下ろした。きれいな月が見える。

ぼくは妻に言われたとおり、エスの頭や顎をやさしく撫で、頼みごとを強く念じながら、妻から教わった呪文をエスの耳に向かって囁いた。三度目、エスが耳をぴくぴくと動かした。そして、大きなくしゃみをしたかと思うと、ぴょんと一つ跳ねて、庭の奥の木立に向かって軽い足取りで駆けてゆく。ぼくはその後を追った。

エスは庭の奥の、土塀の近くまでくると、古い大きな切り株の根元を懸命に前足で掘り始めた。ぼくは息を詰めるようにしてじっと見ていた。エスの前足が噴水のように泥をまき散らす。掘り始めて三十秒もたっていなかったと思うが、エスは右の前足で穴の奥にあるものを手前にたぐり寄せ、それをくわえるとぼくの方に向き直り、ぼくのところにやってきて足元に腰を下ろすと、くわえたものをはなし、得意げに「ワン！」と吠えた。

　ぼくはその泥にまみれたものを拾い上げた。それは靴だった。ぼくはそれを持ってテラスの水銀灯の下にいった。エスが嬉しそうに跳ねながらついてくる。いかにも上等そうな革靴である。泥を指でぬぐうと、内側に文字のようなものが見えた。見回すと、散水用のホースがある。ぼくは急いで水を出して靴の泥をさっと洗い流した。すると、金色の箔押しの「T・Y」の文字が浮かび上がった。山尾徳太郎の頭文字である！

「でかしたぞ、エス！」とぼくは叫んで、思わずエスに頬ずりをしたあと、家の中に駆け込み、大あわてで妻に電話した。

「山尾のものらしい靴が出てきた。イニシャルが金色の文字で書いてあるんだ。これが証拠になるんだね？」ぼくはひどく興奮していたが、まだ真相をつかんだわけではない。だけど、ものすごく嬉しかったのだ。

「そうよ」妻は笑いながら言った。「落ちついて、あなた。これで山尾は逃げられないわ」

「これからどうすればいいんだい？」

「松橋さんに電話してすぐ靴をとりにきてもらって。証拠が出ましたってね」

「わかった。だけど松橋さんはこれをどういう風に使えばいいんだい？」

「松橋さんがきたら、わたしに電話するように言って。これがどういう意味を持つ靴なのか、詳しく説明してあげるから」

「どういう意味を持つ靴なんだい？」

「これは龍造さんを殴ったときに山尾が履いていた靴で、それをエスがくわえて逃げたのよ。おそらく、山尾の踵《かかと》のあたりには、エスの歯形が残っているのではないかしら。これをつきつけたら、きっと白状すると思うわ」

「なるほど！」

「ね、すぐ松橋さんを呼んで」

ぼくは言われたとおり松橋警部補に電話して呼び寄せた。そして、ぼくの家に電話をかけ、呼び出し音が鳴るのを確認して受話器を警部補に手渡した。受話器を握る警部補の丸い顔に笑みが波紋のように広がった。警部補は大きくうなずきながら、「なるほど」「そうでしたか」「はい、わかりました」などと、大声であいづちを打っている。そして、受話器を置くやいなや、ビニール袋に入れた靴を大事そうに抱えて全速力で表の車に走っていった。

ぼくは、またエスと一緒に芝生に腰を下ろした。三好さんがビールを持ってきてくれた。ぼくは一息にあけて「ばんざーい」と叫んだ。サウナを出たあとのビールよりもうまかった。ぼくはすっかりいい気分になって、月に向かってまた「バンザーイ」と叫んだ。エスも月に向かって「ワン、ワン！」と嬉しそうに吠えた。


「まだ実はよくわからないんだがね」と、ぼくは妻があぶってくれたデビラを噛みながら言った。今日は月夜のバンザイの翌日で、夕方ぼくは八王子の自宅に戻ってきたのである。先程松橋警部補が電話してきて、山尾を逮捕したことを妻に伝えた。山尾はすべて白状したそうだ。

そして、龍造さんも意識を取り戻したという。

「わからないって、どんなこと？」妻はうどんを茹でながら言った。

「何もかもさ。わかるように説明してくれよ」

「あなたが質問して。それに答えるから」

「よし。最初からいこう。山尾の行動が不自然だと言ってたけど、どうしてそう思った？」

「電話つきの高級車に乗ってるのに、そんな現場に出くわしたんなら、すぐ自分で電話すればいいでしょう？　救急車も警察もね。それに、そもそも、なぜその現場を通りかかったのよ。狭い山道をわざわざ車で登っていく理由がないでしょう。龍造さんに会うためと言うなら、家の方にいくのが自然じゃない」

「なるほど」

「それに、龍造さんの人柄についての証言も、ずいぶん嘘くさかったわ」

「そういや、そうだなあ。だけど、どうしてあわてて椎原邸にきたんだろう？」

「エスにとられた靴を探すためよ」

「うーん、こんぐらがってきたぞ」

「ごめんなさい。山尾の行動を順を追って説明するわ。これはさっき松橋さんから聞いたんだけど、山尾にはかなりの額の借金があったみたい。サウナ経営とか、ゴルフの会員権の売買とか、株とか、いろいろリスクの大きい仕事に手を出したせいでね。それで、椎原さんに借金を申し込んだところ、断られたばかりでなく、今の会社の社長の地位まで取り上げられることになってしまった。乱脈経営の上に、会社のお金を自分の事業の方にずいぶんとつぎ込んでいたことがバレちゃったのね」

「それで、殺そうと？ 昔からの友達がねえ」

「悲しい話だわね。でも、それが動機だったらしいの。そこで、サウナによるアリバイのトリックを考えついた山尾は、仲間の人たちが寝てるあいだに抜け出して、いつも龍造さんが散歩する溜池に車でいって、背後から頭を殴った。ゴルフのクラブでね。サンドウェッジとか、松橋さん、言ってたわ。そのクラブの頭に彫り込んだ文字のところから、ごくわずかだけど血液が検出されたって」

妻は顔をしかめながら言った。「いやね。ご飯時にする話じゃないわね」

ぼくは妻がうどんを食べおわるまで、エビテンやら、クズシやらをツマミにビールを飲みながら待った。

「それから？」洗い物をすませた妻が縫い物を持って縁側近くに座ったので、ぼくは尋ねた。

「どこまで話したっけ？」

「クラブで殴ったってとこ」

「ああ。それでクラブをタオルで拭って車のトランクに戻そうとして、身をかがめたちょうどそのとき、ご主人のところに戻ってきたエスがいきなり足に嚙みついた——と、わたしは想像してたんだけど、実際その通りだったそうよ。足をもぎはなそうとして、靴が脱げた。それで、クラブをまた手にとって、エスを追っかけたけど、エスは靴をくわえて逃げていった。おそらく家に逃げ帰ったのだろうと山尾は思ったけど、アリバイのために大急ぎでもう一度サウナに戻らなければならない。それで、いったんサウナに戻って仲間と一緒にサウナを出て——これでアリバイ完成よね。といっても、よく考えてみれば、こんなの、アリバイにも何にもなりゃしないわ。ゴルフして、サウナに入って、ビールを飲んで、たらふく食べて、その上暗いところに寝そべってああいう映画を見てたら、誰でも眠ってしまうでしょう。山尾はそれをよく知っていたし、サウナはいわば自分のお店でしょ。どこから出入りすれば人目につかないか、よく知ってたはずよ。で、サウナを出て、仲間と別れたあと、じりじりしながら車をとばして龍造さんの家にいった。家にいってみると、全然騒ぎが起こってなかったから、まだ発見されてないと山尾は悟った。それで、自分が発見者の役割を演じたわけ。突然この家にくる理由が必要だったし、大騒ぎになればそれだけとられた靴を探しやすいしね」

「君は、エスが隠してたのは靴だと、知ってたわけだ」

「ええ」

「どうして、わかったの?」

「山尾がゴルフ・シューズを履いていたからよ」

「だからって……」

「あれは、スパイクがいっぱいついてるんでしょ。そんなのをゴルフ・コース以外で履いて歩き回るかしら?」

「あ、そうか……」

からでしょう。ゴルフにいくのにほかに履く靴を持ってなかったってことはないから、その普通の靴になんらかの支障が起きたにちがいない。エスが片方をくわえて逃げたと仮定すれば、全部説明がつくわ」

「なるほどねえ！」ぼくは唸った。

「一方、エスは戦利品を犯行現場の近くにいったん放り出して、あるいは、埋めてたのかもしれないけど、また龍造さんの倒れているところにいって、ずっと番をしていた。雨の中よ。ほんとに健気《けなげ》なものねえ」

「だから、山尾は庭中丹念に探したけど見つけられなかった」

「そう。エスはやってきた警官に追い払われ、龍造さんが救急車で運ばれるのを見送って、戦利品の靴をくわえて家に戻ってきた。それはちょうど山尾が応接間で事情聴取を受けていたころで、靴を切り株の根っこに埋め終えたころ、山尾が庭に出てきた。そこで、猛烈に吠えたわけよ」

「ご主人様の仇だものな。それでと……、そうそう、あの呪文は何かね？」

「あれはね、子供のころ、伯母におそわったの。あの呪文をとなえると、犬が喜んで、その人に対してすごい信頼感を持つんだってね」

「ほんとかねえ。でも、実際ぼくの気持ちが伝わったもんな」

「あるいは伯母の冗談だったのかもね。でも、わたし、小さいころ犬を飼ってたけど、その犬も呪文が好きだったわ。もちろん、何を言ってもだめな性悪犬もいるんでしょうけどね」

「どうして犬が好むんだろう？」

「言葉の意味じゃなくて、音の響きのせいじゃないかしら」

「響き？」

「そう。おもとにとうろう、おととい のおとふ。〔お〕の段の音がほとんどでしょ。この、〔お〕の段の響きが、柔らかくて、優しくて、犬が好むんだと思うわ。〔あ〕の段だと、響きが強すぎて叱られているみたいで、〔い〕の段は鋭くて敵意を感じる。〔う〕はなんだか不機嫌な感じだし、〔え〕の段はぼやけて犬にははっきり聞きとれない――というのは、わたしが昔想像したことだけど、実際エスは呪文が気に入ったでしょう？」

「確かにそうだった。でも、これはほんとに冗談みたいで、うまくいったのが奇跡のような気もするなあ。もしエスが教えてくれなかったら、どうしたろう？」

「そのときは、庭中掘り返せばよかったのよ。でも、わたしはうまくいくんじゃないかと思ってたわ。犬が賢い生き物だということは、よく知られているけど、わたし、学者が考えているよりずっと賢いんじゃないかと思ってる。猫もね。伯母がよく言ってたわ。真心を込めて、静かに耳元でしゃべってやれば、言葉の意味がわからなくっても、犬は人間の思ってることがちゃんとわかるんだからね、ってね」

そのとおりかもしれない、とぼくは思った。たしかにあのとき、ぼくとエスの心はしっかりと通い合ったのである。エスと別れるのがぼくはちょっとつらかった。

あのとき見たのに負けないくらい美しい月がオリーブの上にかかっていた。遠くでミミズクがぽーぽーと鳴いた。

そして、うどんを食べながらぼくは初めて気づいた。このうどんも、デビラも、エビテンも、塩アンの餅も、つまり妻が命じたお土産はすべて、妻よりもむしろぼく自身の大好物だったのである。

梅見月

二月の頭に妻が寝込んだ。

寒風がみしみしと八王子の陋屋《ろうおく》を震わせた夕食時、妻が普段よりも血色のいい顔をしているのに気づいて、おや、景気づけに台所で引っかけてきたのかい、と言うと、そうじゃないわ、少し熱があるみたい、と言って洟《はな》をかんだ。そして、朝からしょっちゅうかんでいるものだから、鼻の下がひりひりする、いやだわ、子どもみたいね、と笑った。

そのときは、鼻風邪でもひいたんだろうと軽く考えて、オカズの寒ブリの塩焼きを妻の分まで喜んで食べて、後片づけはぼくがやるから君は早く寝なさいと言ったのだが、翌朝妻が大儀がって起きてこなかったから、にわかに心配になった。

具合はどうかねと聞くと、大丈夫よと答えるそばから苦しげに咳き込む。それが老婆のような声だから、あわててごそごそ薬を入れてある茶簞笥《ちゃだんす》の引出しを探してみたが、胃薬と、二日酔い紛《まぎ》らしのビタミン剤と、冬になると乾いて痒くなる背中の塗り薬ぐらいしか見当たらない。全部ぼくの薬である。白い和紙にくるまれたものがあったから何だろうと思ってあけてみたら、まっくろけの熊胆《くまのい》の丸薬だ。良薬口に苦しと言うけれど、これは担当が違う。

医者にいった方がいいぞ、と言ったら、寒くて外に出る気がしないと言うので、一人で残しておくのは少し不安だったが、なに、ただの風邪じゃないかと思い直して八王子の町に薬を買いにいった。バスで二十分である。

日は穏やかに照っていたが、風がものすごく冷たい。さすがに大寒である。

駅の近くで目についた薬屋は、安売りの化粧品も扱っているせいか、大変な混雑で、まるで夕暮れのスーパーだ。文筆一本になって八王子の山の中に引っ込んでから、人込みがますます嫌いになったのだが、早く用事をすませたかったから店に入り、順番を待ち、風邪の薬をくれといったら、風邪の薬はいくらもある、どれにするかと、見るからにけんかの強そうな若い娘の店員が問う。ぼくの家には壊れて映らない古いテレビがあるだけだから、薬の名前など知らない。妻の病状を説明しようとしたら、ろくに聞きもしないで錠剤二種とドリンク剤をさっさと袋に入れて三千八百円になります、と言った。

出掛けにどういうわけか化粧品棚が目について、立ち止まって見ていると、隣の若い女が胡散《うさん》臭げに見るから、あわてて「春を呼ぶリップ」なる口紅を我知らず手にとってしまった。買うつもりはなかったのだが、これも何かの縁かしらと思い、また、こんなものを買ってやったこともなかったなと思い、さっきとは別のレジの列に並ぶ。今度は、剃刀《かみそり》負けだかなんだか、てっぺんがぽつんと白く化膿《かのう》したオデキを口の横に作った若い男が勘定《かんじょう》してくれた。こんなに薬があるんだから何かつければいいのにと思う。

帰ってさっそく薬を飲ませ、こんなものを買ってきたよと言って口紅を見せると、妻は笑った。

「ほら、これは若い娘さんがつける口紅よ」と言って、手の甲に少しつけてぼくに見せる。淡いピンク系の色である。

「代金を払ったんだから、つければいいじゃないか」

「そうね。元気になったらつけましょう」妻はまた顎まで布団を引き上げた。

「何か食べないといけないよ」

「食べる気がしないのよ」

「それでも食べないといけない」

「じゃあ、くず湯でも飲もうかな」

「どうやって作ればいいんだい？」

「くずの粉を水に溶いて、その後お湯を入れればいいの。お砂糖もね」

「よし、それならおやすい御用だ」

「でも、くずの粉がないわ」

「買ってこようか？」

「片栗粉ならあると思うから代用して」

「じゃあ、くず湯じゃなくて、片栗粉湯になるじゃないか」

「いいのよ、似たようなものだから。生姜もほんのちょっぴり入れてちょうだい。ごめんなさいね。原稿の締切りが迫ってるのに」

「いいんだよ。よし、作ってくる」原稿を書くより面白そうだ。

だが、代用品の片栗粉が見当たらない。一体どこにあるんだろうと思ってあちこちひっかき回して、ようやく戸棚の奥に大きな缶を見つけた。たしかに粉が入っている。その粉と砂糖を丼に入れ、言われた通り最初水で溶いて、後に沸騰した湯を入れながらかき回すが、なかなか妻の言ったように透明になってこない。多分、気温が低い上に丼が分厚いから温度が下がってしまったのだろうと思い、中身を手鍋に移して火にかけてみると、しめしめ、とろりとトロミが出てきた。色も真っ白から半透明みたいな感じになってきた。まあ、こんなものだろう。ちょっと粘りすぎるかなと思ったが、それだけ滋養分は多いわけだから病人にはいいだろう。これに生姜の薄切りを一枚浮かせて――と言うか、上にのっけて――寝室に運ぶ。

「できたよ。食べさせてやろうか?」

「いいわ。起きるから」

妻は布団の上で体を起こし、寝巻の上に綿入れを羽織った。そして、笑いをかみ殺したような顔で盆を膝に載せると、丼の中身をレンゲですくって口に運んだ。一口含んで目を丸くし、三口目で声を立てて笑った。

「どうした、何かおかしいかい?」ぼくもつられて笑いながら聞いた。

「ごめんなさい。ずいぶん沢山《たくさん》作ってくれたものだから。それに、これ、片栗粉じゃないみたい」

「そうかい？」

「これはきっと小麦粉よ」

「まずいかい？」

「ううん、おいしいわ。でも、なんだか、わたし舌きり雀になったみたい」

結局妻は七口ほど、雀がついばむように少しずつ食べた。

「ごちそうさま。体が温まったわ。残りはし残した障子の張り替えに使うからとっといてね」

と言ってまた横になり、すーっと眠りについた。探したけど氷嚢《ひょうのう》がないので、ビニール袋に細かく砕いた氷を入れて、タオルでくるんで妻の額にのせた。

妻はよく眠りはするものの、ときおり咳き込んで目を覚ました。ようやく咳が治まると、起こしてごめんなさい、と言ってあやまる。スタンドの明かりで目に浮かんだ涙が光る。この涙は悲しいからではなくて咳き込んだためだとは思ったが、見るからにはかなげで不憫《ふびん》である。

明日の朝はどうあっても医者にみせねばならんぞと思いながら、いつしかぼくも眠りに落ちて、目が覚めたら九時を回っていた。妻が顔を横に向けてちょっと微笑んで言った。

「おはよう」

「ああ、寝坊しちゃった。朝一で君を医者のところに連れていこうと思ってたのに」

「大丈夫よ、わたしは。それより、あなた熟睡できなかったみたいで、可哀相だったわ」

「そう？」

「寝言言ってたわよ。『何としても、何としても』ってね」

「ふーん。覚えてないな」

「だって寝言だもの」

「いや、寝言を言ったんなら、夢を見たはずだろう。その夢を覚えてない。どうも近頃はそうだね。それより、熱は？」と言いながら妻の額に手を当ててみたら、かなりの熱だ。

「冷たくて気持ちがいいわ」

「呑気なことを言ってる。ちょっと体温計ではかってごらん」

熱は三十八度四分あった。

「車を呼んで医者に連れていくから」

「大丈夫よ。外に出る方がよくないわ」

「風邪も馬鹿にならないよ。じゃあ、往診を頼もう」

ぼくは一度かかったことのある内科の医者に電話をして往診を頼んだ。ぼくの所よりもっと山の中の小さな医院だが、わりと親切そうだったからきてくれるのではないかと思ったのだ。

医師は、午前中の診療が終わりしだい、いくからと言った。

「先生は昼ごろきてくれるそうだ。何か食べるかい？」

妻は小さく首を横に振る。その振りようが不安をあおる。

「何かしてほしいことは？」

「どうも石油ストーブの熱がいやなの」

「切っておこうか。でも、つけないと寒いだろうし」

「手間だけど、火鉢を出してくれないかしら。押入れにあるわ。炭は暮れに伯母さんが送ってくれたから。鉄瓶をのせてね」

ぼくは大きな真鍮《しんちゅう》の火鉢を出した。これは妻の父が愛用していた古い火鉢で、その父の形見として妻が実家から持ってきたものである。

炭に火をつけ、鉄瓶をのせる。やがて鉄瓶は湯気を吐き、かすかな音を立てはじめた。

一時過ぎに医師がオンボロのスクーターに乗ってやってきた。もう七十に近いのではあるまいか。はて、この前会ったときはこれほどとは思わなかったが、考えてみればもう六、七年も前のことだ。

医師は白い診察着の上に、鼠色というか、茶褐色というか、なんとも形容しがたいくすんだ色の粗い織りのコート――と言うより、外套と言いたいが――を羽織り、ゴム長を履いている。なんとなくこんな風な身なりの方が名医のような気がする。

医師は妻の布団の横に座ると、額に手を当てた。妻がびっくりしたような顔で目を開いた。

「熱があるな」と、医師は格別名医らしくもないことをがらがら声で呟《つぶや》きながら、みぞおちのあたりまで掛け布団をめくった。

「ああ!」とぼくは身震いして思わず声をあげた。

「なんだい?」

「布団をめくらないと、診察できませんか? 寒いんですけど」

「あんたが寒がることはないじゃないか。なに、ちょっとのあいだだよ。どれ――」

「ああ！」

「なんだい？」

「寝巻の上からではだめですか？」

「赤ひげでもむりだね」ゴマ塩の不精髭を生やした医師は言った。

「ああ！」

「うるさいな、あんたは」

「せめて手を火鉢で炙《あぶ》って温めてからお願いできればと……」

「しょうがねえな。どれ、これでいいか」

「聴診器も炙っていただければ……」

「あなた、先生にお任せして、黙ってらっしゃい」妻が言った。

医師は開いた胸元や鎖骨の下あたりに聴診器を当てたり、左の手のひらを当ててその甲をとんとんと右の指で叩いたりした。これはほんとに何か意味があるのかしら、などと思いながら見守っていると、今度は妻にうつ伏せになるように命じて、同じことを背中にした。

「いいよ、仰向けになりなさい」と医師は言い、掛け布団をもとに戻すと、ぼくの方に向き直って言った。「どうしてもっと早くみせないか」

大体医者はこういうことを言うものである。とは言うものの、ぼくは自分の怠惰《たいだ》を悔《く》いた。

「悪いんですか？」

「よくはない」それは知ってるとも。

「どれくらい？」

「気管支炎がこじれてな、肺炎を起こしかけている」

「肺炎！」

「だからそこまではいってない。『はいえ』くらいだ。まあ、いい薬があるからね、大事はあるまいが、油断はできない」

「入院？」

「これ以上進んだらな。注射うっとくから、あとで飲み薬をとりにきなさい。それで、夜になっても熱が下がらないようだったら、電話しなさい。病院に紹介状を書く」

医師は帰り際に、スクーターに跨《また》がったまま、庭を見回し、「いい庭だね」と言った。「変に手入れしてないところがいい。あれはオリーブかい？」

「そうです」

「挿し木に一枝もらっていいかい？」

「どうぞ」

「おお、何かと思ったら、これは珍しい。こんな時間にミミズクがいるじゃないか」

冬の重苦しい曇り空を背景にして、オリーブのてっぺんに、いつも妻に餌をもらいにくるミミズクがとまっていた。そして、ぽーぽーと悲しげに鳴いてまた飛んでいった。

夕方、妻は磨り下ろしたリンゴを少々食べ、ぼくがもらってきた薬を飲んだ。熱はいくらか下がったが、どうも心配である。

日没とともに雪が降り始めた。これは積もるかもしれない。
眠りは浅いようだが、妻はとろとろとよく眠る。ときどき顔をしかめる。やっぱり苦しいんだろう。鉄瓶が立てるかすかな音のため、かえってあたりの静けさが意識される。冷たくみっしりとした沈黙の真ん中にぼくらはいる。その沈黙を、古い火鉢と鉄瓶が健気に押し返している。

こんな風に火鉢に寄り掛かって妻の顔を見ていると、自分たちがなんだか漱石の『門』の夫婦になったような気がする。ぼくはあの作品が好きである。互い以外に頼る者のない淋しい夫婦の、あのしんみりしたいたわり合いがとてもいい、と思っていた。だが、実際にそんな風な状況になってみると、これは気が滅入る。ろくでもないことばかりが思い浮かぶ。ぼくはあの小説を読み返すたびに、お米と宗助（この名は漱石のもじりなんだろうか）が、一緒に死ねますようにと願うのであるが、今のぼくはそれをやはり子どものない自分たち夫婦に願うのである。どうしても妻に先立たれるのはいやだ。それはかなわない——などと考えているうちに、ぼくらの結婚のことが思い出されてきた。そういえば、ぼくはちょうど二十年前の今時分に、娘さんをくださいと今は亡き妻の父に懇願したのだった。

妻の父はぼくの高校の古典の先生で、三年生のときの担任だった。古文ももちろん教えるが専門は漢文で、剣道部の顧問もやっていた。威風堂々、眼光炯々《けいけい》、半白の髪が不動明王像の背中の炎のようにうねり上がっていた。その印象を一言でいうなら、怖い、である。

ぼくはよく知らないで先輩に誘われるまま剣道部に入り、その練習のきつさにすぐ音《ね》をあげたのだったが、先生が怖いからついに退部願いは出さずじまいであった。

それからぼくは東京のある私立大学に進学して、留年して、六年かけて卒業にこぎつけたが、どうも就職する気がせず、それなら大学院でもということでさらに進学した。そして修士課程の三年目（これもまた留年したのだった）の正月に開かれた同窓会に出席して、久しぶりに恩師に再会した。ぼくは二十七歳だった。

恩師はいったん退職したのち、古典の講師及び剣道部の顧問として引き続き高校に出ていたのだが、二年前に病を得て入院したのをしおに一切の勤めをやめた。会ったときは、さすがに歳をとったなとは思ったけど、かくしゃくとして、怖いのも相変わらずだった。この分だと一生怖いままだろうなあ、と思って離れて酒を飲んでいたら、ぼくを呼び寄せ、近況を聞く。ぼくがありのままを語ると、大きく嘆息して、少しは見所があるかと思っていたが、まったくお前は情けないやつだと言った。学問の情熱がその程度のものなら、大学院などさっさとやめて、書生としてうちに住み込むがいい、根性を叩きなおしてやる、などと、多分酔った勢いで勧めてくれたが、そんな怖ろしいことはもちろん断った。

思いのほか話がはずんで二人ともずいぶん飲んだ。先生は泥酔、ぼくは泥酔の手前——あの医者の表現法を借りるなら、「でいす」くらいのところまでいった。それで、帰る方向が同じだったので、ぼくが送っていくことになった。送り狼なんて言葉があるけど、なんとなく虎を送る狸になったような心もちだった。

途中、仲良く立ち小便などをしながら（と書くと、簡単に聞こえるだろうが、状態が状態だけに、首尾よく立ち小便をしていただくにあたっては、言うに言えない苦労もあった）、酔っぱらい同士の、通じてるんだか、別のことを勝手にしゃべってるんだかよくわからないような不思議な会話をし、ようやくお宅にたどり着いて玄関の戸を開けたら、思いがけなく着物の上に割烹着を着た妙齢の婦人が出てきたから、ぼくは驚いた。これが後にぼくの妻となる先生の娘であった。

先生は相変わらず泥酔状態のままだったが、その娘さんを一目みてぼくの「でいす」が一気に「で」ぐらいまで覚めた。それで、先生を担いで寝間に運び、いい加減に上着などを脱がしただけで布団に寝かせた。寝かせたとたんに先生は、まさか卒中ではあるまいなと不安になるような雷さまみたいな大鼾《おおいびき》をかきだした。さすがあだ名が雷帝《らいてい》というだけのことはある。

そのあと、大変でしたでしょう、どうぞこちらで温まってくださいと、お嬢さんが勧めてくれた。断る理由などこの世のどこにも存在しないと思ったから、ぼくは炬燵《こたつ》に向かって座り、梅干しの入った熱い番茶を飲んでいるうちに、胸のむかむかがすーっとなくなった。

湯飲みを手に部屋の中の壁という壁にかかった漢詩の色紙やら短冊《たんざく》やら額やらを眺めていると、お嬢さんがミカンをもって台所から戻ってきて、まあ、炬燵に入るのにかしこまることはないわ、どうぞおくずしなさい、と言うからこちらも言われた通りにして、甘いミカンをいただいた。

あんな入り心地のいい炬燵は初めてだった。

お嬢さんは、ぼくと同じ高校を卒業したのち（四年後輩になる）、京都の女子大に進んで英文学を学んだのだという。そうですか、ぼくは大学ではドイツ文学をやったけど、大学院では英文学に変わりました、なんか、偶然とは思えませんねえ、などと、まだ「で」だったから馬鹿なことを言ったら、お嬢さんは楽しそうに笑った。

それからお嬢さんはぼくの無遠慮な質問に答えて、卒業してまもなく母親が亡くなったので、京都で高校の先生をしていたのだけれどもそれを辞めて、ひとりっ子の自分がこの家に戻ってきたのだということ、今は暇なときに近所の中学生たちの英語をみてやっていること、こういう静かな生活が自分に合っていること、などを話してくれた。

ずっと話を聞いていたかったのだけど、もう十二時近くになったので、ぼくはしぶしぶ腰を上げた。

翌日、ぼくは朝から恩師を訪ねる口実を思案した。それで、今日のところは、二日酔い見舞いということにした。そこでまた先生の説教を肴《さかな》に二人でしこたま飲んだ。

次の日はお宅の庭の伸びすぎた藤の枝を切りにいって、また飲んだ。

次の日は草むしりでもしようと思っていったのだが、たまたま先生の姉――すなわち、お嬢さんの伯母さんがきていて、その人の指図で瓦《かわら》の割れたのを取り替えたり、雨樋《あまどい》の修繕をしたりした。この人は顔こそ端整な老婦人という感じだが、薙刀の先生をしていた人でやっぱり怖いのである。

そんなことばかりしているうちに冬休みが終わった。そこでぼくは後ろ髪をつかまれて引き倒されるような思いをねじ伏せて上京し、試験代わりのレポートをでたらめに片づけ、受けなければならない語学の試験は欠席して、また大急ぎで帰省した。こういう風ではまずいな、と思わんでもなかったが、そもそも学問とはそれ自体に意味があるのではなく、学ぶ当人の人生に奉仕するためのものだ、などと妙な理屈をこねて、せっせと恩師の家に奉仕活動に出かけたのであった。

ぼくはとうに心を決めていた。将来、お嬢さん以外の女性と結婚するなど、考えられなかった。だが、ぼくはただの怠惰な学生で、将来どんなものになれるのか、さっぱり自分でもわからなかった。そんな「情けない表六玉《ひょうろくだま》」に、先生が快く娘をくれるとも思えなかった。実際、「どこの親も、お前みたいなのに娘をやろうとは思わない」とまで、先生は言ったことがある。いや、肝心のお嬢さん自身の気持ちさえ、確かなところはわからないのだ。話の切り出しようがなかった。

もしあるささやかな事件というか、おかしな出来事が起こらなかったら、ぼくは結婚を願い出るのにあと三年くらいかかったかもしれなかった。今思い出してもなんだか不思議な気持ちがするのだけど、こんな事件である。

あれは節分の朝のことだった。前夜から降り続いた雪が五センチほど積もっていた。ぼくはマラソンの途中にちょっと通りかかったから寄ってみたということにして（雪の日にゴム長を履いてマラソンもないものだが）、また上がりこんで美味しいお茶をごちそうになっていた。そこに先生の本家の主が——先生とは従兄弟半《いとこはん》だか、又従兄弟《またいとこ》だかにあたる人だそうだ——駆け込んできた。本家は先生の家から歩いて三、四分のところにある。この家の長男がぼくの高校の同級生で、仲良くしてたから何度か訪ねたことがあったけど、とにかくでっかい家である。

さて、その主——吉武増次郎《よしたけますじろう》や、先生の話から大体の事情をまとめると、およそ次のようである。

吉武家では、二月の初めにいい日を選んで、代々の祖先の法要を営むならわしだが、前夜がその日だった。当然先生も出席して、また泥酔して戻ってきたのである（今朝機嫌が悪かったのはそのせいだろう）。

そのおりに、増次郎が十数年前に京都の骨董屋から大金をはたいて買った鎌倉時代の刀と室町時代の兜《かぶと》を、仏間の隣の座敷に展示したのだったが、それを今朝またしまおうとして増次郎が座敷にいったところ、刀も兜もなくなっていたのである。

もちろん、あわてて警察を呼んで捜査してもらったが、まだ見つからない。座敷の雨戸と障子が開け放たれていて、足跡が雪に残っているから、泥棒が忍びこんで盗んだということは明らかだが、犯人の見当もつかない。とにかく、大変な宝だから心配でならない。いてもたってもいられないから、あんた（先生のこと）を呼びにきた、これからぜひ一緒にきてくれという。

先生は、足跡が残っているなら、いずれ犯人はとっつかまるだろうと言った。すると、増次郎は、その足跡が実にヘンなのだと言う。どうヘンなのだ、と先生が聞いたら、とにかくきてみてくれよ、という。先生は立派な教育者だけど、先生がいったからといってどうなるわけでもあるまい、とぼくは思ったが、まあ、世の中には常に自分の都合で自分の方に注意を引きつけておきたがる人がいるもので、この増次郎氏もそういう人なのであろう。

とにかく先生は承知して出かけるしたくをしながら、「英文学をやっているんだから、少しは足しになるだろう。いっしょにきなさい」とぼくに言った。どういう意味かよくわからない。あるいは、シャーロック・ホームズのことを思い出したんだろうか。このとき、先程からきらきら瞳を輝かせながら話を聞いていたお嬢さんが、それがいいわ、ぜひいらっしゃい、それで、見てきたことをくわしく教えてちょうだい、と、心地よい声で言うものだから、ぼくとしてはお嬢さんと留守番している方がよかったのだけど二つ返事でお供することにした。オンボロの刀や兜より、この家の炬燵がいいに決まっている。

吉武の屋敷は警察と親戚や近所の人たちでごったがえしていた。それどころではないと思うのだが、屋敷の人たちがせっせとみんなに茶や菓子を出す。旧家というのは大したものだ。

先に触れたこの家の長男の、吉武増昭《ますあき》に会ったので、大変だね、と言うと、なに、親父があんまりごうつくばりだから、バチが当たったんだろう、と言って笑った。ごうつくばりかどうかしらないけど、増次郎は先代から受け継いだ燃料販売店の支店を三つも出し、さらに家電販売でも大成功を収めた地元の名士である。血はつながっていても、先生とは金儲けの才能がよほど違うらしい。

それはともかく、お嬢さんに様子を報告しなければならないから、ぼくは警察にうるさがられながらもシャーロック・ホームズになった気持ちで現場を観察したのだった。そして、およそ次のようなことを報告した。

現場の座敷は、雨戸も障子も、半間ほど開かれていた。そこから雪が吹き込んだらしく、そのあたりの畳が少し湿っていた。

座敷の大きな床の間には、鹿の角でこさえた刀の台と、その隣に、高さ五十センチほどの赤い漆塗《うるしぬ》りの台があった。兜はこの上にあったのだろう。

さて、犯人の足跡だが、なるほど、増次郎の言ったように、ヘンな足跡である。

それは靴の跡でも、下駄の跡でも、地下足袋《じかたび》の跡でもなかった。丸い線なのである。直径はおよそ十五センチくらいだろうか。それが座敷の濡れ縁の所から、庭を真っ直ぐ横切って、瓦屋根つきの土塀まで続いている。犯人はそこから土塀を乗り越えたに違いなく、その部分に積もった雪が塀の両側に落ちていた。雪はそれ以後も少しは降ったから、土塀の瓦はうっすらと雪に覆われていたけれど、人が乗り越えた形跡が歴然としている。

さて、塀の外側は十メートルほどの比較的広い舗装道路で、塀からその中央まで円の足跡が続いている。道の真ん中には、いろんな足跡があった。大抵は長靴のようだが、下駄の跡もある。それは近所の人たちの往来の跡に相違ない。また道の中央あたりには自転車やバイクの通った跡が幾本もついている。だが、肝心の丸い足跡は、奇怪なことに、土塀から道の真ん中まで続いて、そこでパタリと途絶えているのである。まるで、奇妙な円形の蹄《ひづめ》をもつ怪物が、その道の中央から雪の空に舞い上がったかのようである。まだちらちらと粉雪が降ってくる暗い灰色の空を見上げたぼくの脳裏に、兜をかぶり、刀を佐々木小次郎《ささきこじろう》のように背負って空を飛ぶ怪物の姿が浮かんで、思わず身震いしたのだった。

手掛かりになるようなものは他に一切なかった。ただ、その円形の足跡のみである。だからぼくはその足跡を、一つ一つ、また観察して回った。足跡は降った雪のためにところどころ消えかけていたけど、警察が傘を集めてきて、足跡にさしかけるように立てていたから、今も凍りついたように地面に残っている。そして、三回どおり足跡を観察した結果、ぼくはあることに気づいた。足跡は丸いと書いたけど、丸いにも差がある。つまり、場所によって丸さが違うのだ。

濡れ縁の近くは、円というより、楕円に近い。いや、うんと寸の詰まった丸っこいヘチマというか、子どもが思い切り泣いているときの口の形というか、かなりいびつなマルである。それが、塀に向かうにしたがって、次第にまともなマルになってくる。塀の外は、きれいな円と言ってもいいだろう。

どうやらこれは警察も気づいてない、ぼくだけの発見のようだ。だが、その発見にどんな意味があるのか、そこまではぼくにはわからなかった。あるいは、何の意味もないことなのかもしれない。とにかく、そんなことを、ぼくはお嬢さんに報告した。お嬢さんは、ときに小首をかしげたり、小さくうなずいたりしながら、ぼくの観察結果を大いに興味深げに聞いてくれた。話しているぼく自身、何が面白いんだろう、と思うような話だったから、これはちょっと意外だった。

「ご苦労さま」と、聞きおえたお嬢さんはにっこり笑って言った。「大活躍ね」

「ぼくがですか?」

「熱心に捜査したから、きっと体が冷えたでしょう。いま、熱いお茶をいれてくるわ。お腹もすいたでしょう。今朝、草餅を作ったのよ」

「ああ、それはありがたい！」とぼくは言った。普段、甘いものはあまり好きでなかったのだが、このときは死ぬほど草餅が食べたかった。

「どうだ、何かわかったか？」と、先生は草餅は食べずにお茶だけすすりながら言った。

「先生は？」

「お前に聞いておる」

「不思議な事件です」

「そんなことは言われないでもわかっている」

「奇怪な事件でもあります」

「それも言うまでもないことだ。ほかに、何か言うことはないのか」

「そうですね、なんと言うか、へんてこな事件です」

「お前はふざけているのか」

「いいえ、そうではなくてですね、ふざけているのは、この事件の方ですよ」

「どうして？」

「どうしてといわれても。とにかく、なにか、こう、人をおちょくったような感じがするんですけどね」

「現に、家宝の刀と兜がなくなっているんだぞ」

「はあ。なくなってますね」

「容易ならん事件だ」

「ごもっとも」

「天狗のしわざだ、と言う者もおったが……」

「天狗ねえ！　先生の意見は？」

「容易ならん事件だ」

「先生もぼくと大して変わらない」

「それは不本意だが、手掛かりが何一つないんだから、しかたがない」

「まあ、どうせどこかの泥棒が盗《と》っていったんでしょう」ぼくはいいかげんに話をまとめて、草餅の方に注意を集中した。刀なんか、ぼくにはどうでもいいのだ。

「お前が学問に向いてないということが、その一言でわかるな」

「そうですかね」

「突き詰めてものを考えるということを厭《いと》う性格だ、おまえは」

「これと学問とは別でしょう」

「別じゃない。大体お前は――」

「お父さま、そう決めつけるのはよくないわ」と、お茶のお代わりを持って入ってきたお嬢さんがとりなしてくれた。そうだ、そうだ、聞いたか、親父。

「たいそう鋭い観察力をお持ちだと、わたしは思ったけど」

「なんの、鋭いものか」

「少し考える時間をおあげになったら。きっと名案を思いつかれるはずよ」

「そうかなあ」と、先生は言った。ぼくも、そうかなあと思った。

「とにかく、吉武さんはお友達でしょう。また出かけていって、家の中を見せてもらったり、いろいろ尋ねてみるといいんじゃないかしら」

「そうですね。そうしましょう」ぼくは勢い込んで答えた。そして草餅のお土産をもらって家に帰った。

土産の風呂敷包みを母に渡して、ぼくはごろりと横になってあれこれ考えた。事件とは別のことをである。その想念が佳境に入りかけたとき、母が言った。

「これ、風呂敷の中に本が入っているよ。先生から借りてきたんじゃないの？　なくすと大変よ。こういうのはちゃんとしなさい。まったくずぼらなんだから」

母から本を受け取ったときはまだ楽しい想念の雲の中にぼくはいたから、最初はただぼんやりと書店の包み紙のカバーをつけた本を眺めていた。古い本だなあ、と思った。それから、こんなの、借りたかしら、と思った。借りた覚えはない。事件に紛れて借りたことを忘れたのかしら？　いや、そんな覚えはないぞ。ぼくはただお土産だと言って渡された風呂敷包みを持ちかえっただけだ。そういえば、きれいな風呂敷だった。淡いピンクの地に白い梅の花の模様が浮き上がっている。さすがお嬢さんだ。ちゃんと時節に合わせて、実に趣味のいい風呂敷を選んでくれる。どうしてあの小うるさい雷親父にあんな娘ができたのであろうか。うーん、造化の妙というものかいなあ。それにしても、これは何の本だ？　ありゃ、宇野浩二《うのこうじ》の作品集だ。これまで読んだことがない。先生がお嬢さんに命じてぼくに持たせたのだろうか。ぼくが小説を書いてみたいと言ったから、これを読んで勉強しなさい、というつもりなのだろうか？　いや、そうじゃあるまい。先生なら、口でそう言うはずだろう。とすれば、これはお嬢さんが自分の考えで入れてくれたのだろう。お嬢さんはこういうのが好きなんだろうか。読んでないからなんとも言えないが、娘さんにしてはちょっと変わった趣味じゃあないかしら。先生の娘だから、やっぱりちょっと変わっているのかなあ、などと考えながら、しばらくぼくは本を眺め回していた。そして、せっかくだから読んでみようかと思い、また仰向けになって本を開いたとたん、お嬢さんの言葉がよみがえった。そうだ、本はまた寝るときに読むとして、ひとつ吉武の屋敷にいって増昭に事情聴取をしてみよう。何かヒントでも見つかれば、ぼくのポイントが上がる。先生を見返してくれよう——そう思ってまた吉武の屋敷に出向いた。

屋敷の中は午前中とはうって変わって静かだった。警察も、親戚の人も近所の人たちも引き上げていた。

何度か「ごめんください」を繰り返したが応答がないので、「おーい、まーちゃーん、遊ぼうよー」と、子どもの挨拶を大声で叫んでみると、「おー」と答えて増昭が出てきた。

「上がれ上がれ」

「事件の捜査にきたぞ」

「お前がかい？」増昭は笑いながら言った。

「ぼくは観察力が鋭いんだ。それで、家の中を見せてもらって、いろいろ話を聞いたら、手掛かりがつかめるんじゃないかと思ってね」

「それはいいけど」

「じゃあ、上がるぞ」ぼくは泥だらけの長靴を、大きな玄関の上がり口の真ん中に脱いだ。まるで料亭だ。いっぺんに十四、五人が靴を脱げるだろう。

増昭はぼくを台所の隣の四畳半くらいの部屋に案内した。ここが増昭の部屋らしい。炬燵に入って待ってると、増昭が一升瓶と湯飲みを二つ持ってきた。「冷えるからな、これで温まろうぜ」

「昼間から酒を飲むのは、どうも気がひけるんだが」と、言いながら、ぼくは旨《うま》い酒をなみなみ二杯あおった。酒がいいと、ぷーっと吐いた息のにおいまでいい。

「ほら、いくらでも飲んでくれ」

「いつから戻ってるんだい?」とぼくは、もう事件のことを忘れて尋ねた。「名古屋の方で勤めていると聞いたけど」

「会社が潰《つぶ》れてね、今失業中だ」

「大変だな。もっとも、ぼくだって社会的には同じような身の上だけどね。まあ、若いんだからなんとでもなるだろう。おお、すまんね」ぼくはまた酒をついでもらった。

「ぼく一人なら、なんとでもなるんだけど」

「一人じゃないのか?」

「女房と子どもがいる」

「ほう！　いつ結婚したんだい？」

「籍は去年の暮れに入れた」

「知らせてくれればいいのに。お祝いを持って駆けつけたのにな」

「そういう結婚じゃないからな。親父にも猛烈に反対されたし。親父はぼくを県会議員の娘と結婚させようと思っていたんだ」

「政略結婚だな。それはいかん」

「相変わらずはきはきものを言うね、お前は」増昭は笑った。

「結婚するのはお前と親父じゃなくて、一緒になる二人なんだから、選ぶ権利はお前にある」と、力強くぼくは言った。いい酒を飲んでいると、頭脳の働きが活発になるのかしらん、淀みなく言葉が出てくるのだ。

「そうだよな。だから、ぼくとしては親父を説得して、納得させて、ちゃんとした形でと思って努力はしたんだが、子どもができちゃったんだから、籍を入れなきゃかわいそうじゃないか」

「そうだ、そうだ。籍を入れるのは親父でも県会議員の娘でもなくて、結婚前にちゃっかり子どもを作ってしまった二人なんだからな」

「いったい、ぼくの味方をしてくれているのかね。まあ、いいや。おや、もう空《あ》いてるな、ほら。ちょっとペースが早すぎるかな」

「早すぎると言っても、子どもができちゃったんだからな。もっと縁《ふち》まで」

「わかった、わかった。それで、ちょうど先祖の供養をする法事があるので、その機会に親父を説得して、了解してもらおうと思って帰ってきたんだよ」

「なるほど。何かつまむものはないかな、せっかくの帰省中なのに悪いんだがね」

「ああ、気がつかなくてごめん。何か探してくるよ」

増昭は黄色い沢庵《たくあん》を盛った小鉢を持ってきた。「こんなのしか見当たらない」

「ああ、こんなのでけっこう、けっこう。それでと、えー、何を聞いてたんだっけ？」

「了解してもらうために、法事に帰ったってとこ」

「そうだ、そうだ。それで、妻子はどうしてる？」

「一緒に連れて戻ってきたけど、ここに連れてくるわけにはいかないから、遠縁の家に預かってもらってる。向こうのアパートは引き払った——と言うより、追ん出されたからね」

「それは困ったじゃないか」

「だから、こうして親父に了解してもらうために戻ってきたんだ」

「なんで戻ってきたって？」

「了解してもらうためだよ。人の話を聞いてんのかね。酔っぱらっちゃったんじゃないのか？」

「いい酒は酔っぱらわない」

「そんなことがあるかい。まあ、いいけど。たんと飲んでくれ。ぼくも、もうここには帰ってこないからね」

「そう言わないで帰ってこい。自分の家じゃないか。お、すまんね。おっとっと」

「親父はね、こう言ったんだよ。女房と別れるなら、そのための金はくれてやる、それがいやなら、勘当だ、親でもない、子でもない、とね」

「なんて分からず屋なんだ」

「とんでもない因業《いんごう》親父だよ。そんな親父はこっちから勘当だ」

「そうだ、そうだ。いや、ちょっとまて。短気は損気だ。親子の縁はそう簡単に切るもんじゃないし、また切れるもんでもないだろう」我ながら分別臭いことを言ったものだが、どうやら最近先生の説教ばかり聞いてるから、こういう台詞が頭の中に入っていたんだろう。

「いくら親子でもどうにもならないことはあるということさ。しかし、まあ、トロンとした目をして。大丈夫かい、体が揺れてるぞ」

「お前が揺れてるからそう見えるんだろう。相対性原理だな」

「ははは。そうかもしれない」

「眠くなってきた。帰る」

「そうか」

「帰るのはいいが、ぼくはそもそも何をしにきたんだろう」

「事件の捜査だと言ってたぜ」

「それだ。では――」

「では?」

「まず、うちの中を見せてもらおう」

「いいよ。今誰もいないから。どこから見るかね?」

「えー」と、唸って天井を見上げたとき、何にも考えてなかったぼくの頭に、草餅といっしょに風呂敷に包まれていた本のことが浮かんだ。

「『蔵の中』か」

「何だって?」

「だから『蔵の中』だよ」

増昭はまじまじとぼくの顔を見た。

「そんなに見つめちゃ照れるじゃないの、ばか」

「お前は最初からわかっていたんだね」

「そうだとも」と、ぼくは相手が何のことを言っているのかさっぱりわからないで答えたから、やっぱり酔っていたのかもしれない。


翌日の夕刻、ぼくは意気揚々《ようよう》と先生の家に赴《おもむ》き、事件は解決したと報告した。先生は目をむいて、それはどういうことかね、と聞くから、万事うまく収まったんだから、決してこのことはだれにも口外しないように、と念を押してから、ぼくは得意げに種明かしをした。

「驚いたね」と、干した杯をぼくに渡しながら先生は言った。「まあ、飲みなさい」

「ありがとうございます」

「大したもんだ」

「すごいわ」と、お嬢さんが言った。

「ざっとこんなものです」

「もっとくわしく聞かせてくれ。盗みだしたのが増昭だというのは、本人がそう言うんだから、まちがいないだろう。しかし、どうして蔵の中に隠したんだい？」

「まず誰も探さない場所だからですよ。ポウの『盗まれた手紙』では、犯人は自分ちの状差しに盗んできた手紙を隠したんですよ。盲点ですな。刀はヘラブナ釣りの竿の袋に入れて、ほかの竿といっしょに傘立てみたいな籠に入れてありました。兜は、古い大きな羽釜《はがま》の中でした」

「なるほどなあ。しかし、なんで盗んだんだろう」

「だから、親父は無体《むたい》なことを言うし、自分に金はない。女房子どもはいる。それなら親父の大事にしている家宝を盗んで、叩き売ってやろうと思ったそうです。一石二鳥ですな。本人は親子の縁を切って、二度と戻らない覚悟だったそうです」

「ふーん。気持ちはわからんでもないが。それにしても、あの足跡はどういうことだったんだい？」

「あれは増昭が、親父をからかってやろうと思ってやったことです。あれはね、カンカン下駄なんですよ」

「カンカン下駄？　なんだ、それは？」

「子どもの遊びにあるでしょう。ほら、空きカンの上の部分に二箇所穴をあけて、紐を通し、紐は手で持って、カンを下駄みたいに左右の足に履いて歩く遊びですよ」

「やったことがないな」

「作って上げましょうか？」

「いらんよ、そんなもの。ふーん、そうなのか」

「あの足跡の円は、普通のカンよりも大きかったでしょう？　あれはね、粉ミルクの空きカンなんですよ」

「ほう？」

「親父との交渉が物別れに終わった法事の前夜、親戚に預けてある妻子の様子を見にいったとき、無心にミルクを飲むわが子を見て思いついたそうです。その子が可哀相で、親父が憎らしくて、それで、今回の悪ふざけみたいなトリックを思いついたんだそうです」

「足跡が途中で消えていたのは？」

「そこからは別の履物だったんです。長靴ですけど。それだけのことだったそうです。不思議がらせればそれでいいというつもりで」

「無茶をするもんだなあ。そんないい加減な思いつきで盗みを働いて、バレたらひどい目にあうじゃないか」

「現にぼくが乗り出すまでバレなかったじゃありませんか。それに、もしバレても、息子のイタズラだと言えば、大したことにはならなかったでしょう。うまくいけば、それを叩き売って、かなりの金が手にはいるし——と、こう考えたそうです」

「しかし、いい大人が、雪の日にカンカン下駄だっけ？——そんな物を履いて、まったくご苦労千万なことだ」

「そうですよねえ。刀と兜を抱えて、あの下駄を履いて土塀を乗り越えるのはけっこう骨が折れたでしょうね。履きかえる長靴も手に持ってるんだし」

「それは」と、お嬢さんが口をはさんだ。「逆じゃないかしら」

「逆と言いますと？」

「多分、道の真ん中で長靴からカンカン下駄に履きかえて道を横切り、塀を越えて、またその下駄を履いて座敷までやってきたんでしょう。ただ足跡をつけるためにね。刀と兜は家の中を通って裏の蔵に運んだんじゃないかしら。座敷の雨戸はその前に内側から開けておいたんでしょうね、きっと」

「ああ、それで、座敷に近づくにしたがって、足跡の円がいびつになったんだ。歩いているうちにひしゃげたんですね」

「増昭に聞いたんじゃないのか？」

「その点は聞きもらしました」

「まあ、しかし、よくやった。よくそこまで突き止めたものだ」

「ははは。ざっとこんなものです――と言いたいですが、そもそものヒントは、お嬢さんがくれたんですよ」

「え？」お嬢さんはニコッとして小首をかしげた。

「ほら、草餅を包んでくれた風呂敷の中に、宇野浩二の本があったんですよ。この偶然が、ぼくの事件解決の切り札になったのです。その本の題名――それはその本の最初に収められている短編小説の題名でもありますが――」

「ああ、『蔵の中』か！」

「ご存じでしたか」

「有名な作品だ」

「ああ、そうですか。今度読んでみましょう。とにかく、その『蔵の中』という題名が頭に残っていて、それでなんの気なく口にしたとたん、増昭はすっかりぼくに見抜かれていると勝手に観念して、自分から悪びれることなく話してくれたのです」

「なんだ。べつにお前の千里眼というわけでもないんだ」

「実はそうなのです」

「感心して損をしたわい。それで、その後、どう処理したんだ？」

「増昭に、刀と兜を返すように言いました。あいつは素直に承知しました。ただ、ぼくがやりました、と申し出たんじゃあ、ますますこじれるでしょうから、相談して、また、不思議な方法で返すことにしたのです」

「ほう、どんな？」

「また、雪が降りだしましたからね、ヘンな足跡を残すことにしました。カンカン下駄は蔵の奥の、空きカンやビンを入れた屑籠に隠してありましたが、もうひしゃげて使いものにならないので、今度は天狗の下駄でやりました」

「天狗の下駄？」

「高下駄があったので、その歯を一枚外しましてね、それで足跡をつけたんです。面白そうだから、ぼくがやりました。刀を背負って、兜を抱えて外から塀を越えて座敷までいって、それぞれの台に戻し、また塀を越えて出ていったのです――ああ、そうか、刀や兜はそうやって運ぶ必要がなかったんだ！　蔵の中から座敷に持っていけばいいだけのことだったのに。増昭のやつ、にやにや笑いながら見てたんですよ。あいつ、面白がってたんだな」

「なんとも言いようがないな」

「だけど、大変でしたよ。今度は昼間だし、人が通りゃしないかと、はらはらしました。増昭が見張りをやりました」

「まるで子どもだ」

「まあ、うまくいきましたが、多少酔ってたもので、出るときに塀から落ちてしばらく声が出ませんでした」

お嬢さんがさもおかしそうに笑った。こんな人に笑ってもらうと、なんだか嬉しい。

「しかし、天狗なら空を飛べるじゃないか。わざわざ足跡を残したりはしまい」

「このあたりの天狗は飛べない、ということにしてもらって」

「まったく、いい加減なものだ」

「いい加減ついでに、書き置きを残してきました」

「ほう」

家宝は返してやるが、これに懲《こ》りて周りの者に親切にしなさい。息子の意思も尊重してやりなさい。言うことをきかないと、今度は家ごととっていくぞ。お山の天狗よりってね」

「増次郎は、それを見てどうした？」

「狐につままれたような顔をしておりました。さっぱり何がなんだかわからなかったのでしょう。でも、刀と兜が戻ったので、すっかり喜んでおりました。嫁のことはもう少しよく考えてみよう、と、あとで増昭に言ったそうです」

「すごいわ！」と、お嬢さんは自分のことのように喜んで言った。「見事なさばきかただわ。ね、お父さま？」

「まあな」先生は同意した。お父さま、どうせ同意するのなら、もっと楽しそうになさいませ。

「それで、めでたし、めでたしか」

「もう一つ、ついでながら、面白いことがありました」

「なんだい？」

「あの『鎌倉時代の名刀』ですけどね、あれはどうも偽物じゃないかと思うのです」

「どうしてかね？」

「だって、刀身の根元、鍔《つば》の近くに文字が彫ってあって――」

「名刀にはそんなのがよくあるぞ」

「でもね、『鎌倉時代』って彫ってあるんですよ。いかにもウソ臭いでしょう」

「ほんとかね！」

「兜もおかしい。内側に貼った布地に、墨で、『山名《やまな》豊末《とよすえ》、応仁の乱にて着用』と書いてある。これまたひどく胡散臭い。増次郎さんはガラクタを掴まされたんですよ、きっと。こんなの、売りにいったら、増昭はいい恥をかいたでしょう。まったく、品物からして人を食ってますよね」

「そうか」先生はため息をついた。「手にとってまじまじと見させてもらったことはなかったが、いやしくも剣の道を志したことのある者なら、即座に見ぬかねばならない。いや、気づかなかった。まったく不明を恥じるよ」

「そういうふうに、己の至らざるを素直に認めるところが先生のいいところです」

「うるさい。くそ、まあ、飲め」

「ありがとうございます」

「よし、それならお前を試してやる」

「なんなりと」ぼくは調子に乗って受けて立った。

先生は背後の茶簞笥から、何事かを書きつけた半紙を取り出した。

「ほら、読んでみろ」

漢字ばっかし。ああ、いやだ。

「ほら、読んでみろ」

「ぼくは英文学が専門です」

「英文学をやってても、漢文がわからなくちゃだめだ。漱石を見てみろ」

「あれは昔の人です」

「昔も今もない。漢文を知らないから、最近の若い者は文章がふやけてだめなんだ」

しかたなくぼくはその漢文を音読みした。

雪中行深山
下界聞朧雷
不識至仙邑

「何ですか、これは?」

「漢詩だよ。五言絶句だ」

「なかなかけっこうなものでございます」

「茶の湯の茶碗誉めじゃないぞ。五言絶句というのは、一行五文字、四行よりなる」

「そうなんですか」

「高校時代に教えたろうが。何を聞いていたのだ」

「もう済んだことです」

「何を言うか」

「でも、三行しかありませんが」

「だから、その最後の行をね、お前が書き加えてみなさい」

「いやです」

「いやじゃない。まあ、やってごらん、あっはっは」

「そんな大それたこと」

「わしが座興《ざきょう》に書いたものだから、気にすることはない。平仄《ひょうそく》もどうせいい加減だが、わしには平仄はわからん。だがね、日本式の漢詩もけっこう楽しい遊びになるんだ。俳句と同じだな。お前がこういうのを達者にやれるようになったら、一緒に酒を飲んで、もっと愉快になるというものだ」

困ったことを言いだす親父だ。因業な方がまだ扱いやすいかもしれない。ぼくは十分も眺めていたが、さっぱりアイデアがわいてこない。先生はちょっと失礼と言ってトイレに立った。

そこに、お嬢さんが台所からやってきた。

「ごめんなさいね、おかしなことをさせちゃって」

「あなたに免じて許すのは許しますけど、困りました」

「そう。お口直しに冷たいおウドンを召し上がれ。お酒ばかりでお腹がすいたでしょう。気分が変わるといい考えが浮かぶかもしれないわよ」

お嬢さんはそう言って、ぼくの前にうどんの鉢と袋に入った割り箸を置いた。

「ああ、お箸はありますけど」

「塗り箸だとおウドンは食べにくいでしょう。どうぞ使ってちょうだい」

ぼくは半紙と筆を放り出して割り箸の袋を手に取った。そして、その袋の端っこに、小さなボールペンの文字を見つけた。

「麗人愛紅梅」

なんだろうこれは？　しばらくぼくは考えたが、よくわからない。でも、これも五文字だから、ちょうどいいや、と思って、また箸を置き、筆をとってその文句を半紙に書きつけた。我ながら汚い字だが、まあ、いいや。ぼくは心おきなく浅葱《あさつき》と、千切りの海苔と、イリコだしのつゆのかかったウドンをすすった。

そこに先生が戻ってきた。そして、半紙を取り上げて完成した五言絶句を読み下しで読んだ。

雪中深山を行きて（雪中行深山）
下界に朧なる雷を聞く（下界聞朧雷）
識らず仙邑に至れば（不識至仙邑）
麗人紅梅を愛づ（麗人愛紅梅）

「うーん」と、先生は唸った。
「どうでしょうかね」
「なかなかの出来だよ」

「おお、そうですか」

「ちゃんと、二行目と四行目で韻も踏んでいる。わしがもともと書いた最終行は、『酌酒覚絶快』——つまり、酒酌みて絶快を覚ゆ、と読むのだが、お前の書いた方がいいかもしれない」

「ほうほう」

「わしの方は、なんか、こう、脱俗ぶった感じがあって、わざとらしい」

「そう言えば」

「お前の方は、情景の転換が大胆で鮮やかで、素直な感動みたいなものがある。お前という男は存外、見所があるのかもしれないな」

もう、箸袋の文句をそのまま写したとは言えなくなった。その箸袋は見当たらない。お嬢さんがいつのまにか隠したようだ。ぼくはお嬢さんの応援を、それこそ素直な感動を持って受け入れることにした。

「先生」

「なんだ、大きな声で」

「お嬢さんをください」

「わかった。娘をやろう」と先生は言った。そして、小さな声で無念そうにひとり言のように呟いた。「だけど、ほんとは、やりたくないんだよ」

揺さぶられて目が覚めた。妻が布団の上に体を起こしてぼくの顔を覗き込んでいる。

「あなた、一晩中こうしていたの?」

「そのようだね」

「だめよ、そんなことをしたら! 風邪をひくでしょうが」

「もうひいたみたいだな」

「ああ、大変。布団を敷くからすぐ寝なさい」

「君の具合はどうなんだ?」

「ずっといいみたい。熱もないんじゃないかしら。お腹もすいたし」

「それはよかった」

「あなたは?」

「頭ががんがんする」

「ああ、わたしのために!」

「楽しい夢を見てたんだ」

「それはいいけど、早く寝て」

妻は元気に立ち上がってぼくの布団を敷いた。頭は痛んだけど、なんだかとても安らかな、いい気持ちだった。ふと、子どものころに流感にかかったときのことを思い出した。病気になるのも、たまにはいいものである。

午後にあの医師が往診にきてくれた。肺炎ですか、と聞くと、ただの風邪だと答えた。酒を飲んでもいいか、と聞くと、だめだと言い、痛い痛い注射をし、お宅の庭の紅梅が満開だ、あんまり見事だから、ひと枝かふた枝、もらっていいかと言うから、どうぞ、と答えた。いつの間にか、満開になっていたのだ。

妻の作ってくれたくず湯（妻はお隣にくず粉を借りにいったようだ）と、湯飲みいっぱいだけ、熱い酒を飲ませてもらって（梅の枝を進呈したんだから少しくらい飲んだっていいだろう、と言ったら、妻は笑った）、いい気持ちでとろとろと眠ったり、半ば目覚めたりを繰り返した。そして、その朦朧たる頭で、そうか、『蔵の中』が風呂敷に入っていたのは、偶然でもなんでもなく、妻がぼくに手柄を立てさせるためにすべてを見通した上で入れておいたのだと、まったく迂闊《うかつ》なことに、二十年後にしてようやく悟った。最近妻は在宅探偵としていくつか事件を鮮やかに解決した。その能力の片鱗《へんりん》はとっくの昔から見せていたのに、ぼくは気づかなかったのだ。

庭でミミズクを呼ぶ妻の声がする。多分、イリコでもやっているんだろう。かすかな妻の笑い声がして、ミミズクが、ぽーぽーと嬉しそうに鳴いた。それを聞きながらぼくはまた眠りに落ちた。

姫鏡台

どうやらぼくだけでもなさそうなのだが、ぼくは原稿を書くのに行き詰まるとよけいなことを始める癖がある。これが逃避の一形態であることは自覚している。自覚しているならよけいなことは後回しにしてさっさと仕事にかかればいいと、人も言うしぼくもそう思うのだがそれができないから困るのだ。そう思ってそうできるくらいなら、よけいなことなんかするものか。別にいばっているわけではない。本人はなんとも情けない思いでよけいなことをやっているのだ。

それにしても、今回の行き詰まりはとくにひどい。行き詰まるも何も、まだタイトルさえ思いつかない。ぼくはやけくそで大あくびをしたのち、部屋を出てちっぽけなわが家の庭におりた。何か庭仕事でやることはないかしらと見回し、しめしめ、雑草が少しのびかかっているなと気づいて、これはいけない、早めにひいておかなければ、などと自分に言い聞かせるようなひとり言をもごもご口の中でころがしながら、ひとしきり草むしりをやった。

そのあと、このあいだ植えたブルーベリーの小さな可愛らしい苗木に水をやった。つい昨日雨が降ったばかりだから水やりの必要はないのだが、ぼくは如雨露《じょうろ》に水をくんで、そうーっとその根元にかけた。五月の午前の陽光を浴びて如雨露の水がことのほか美しく輝く。こんな季節は、植木屋さんは楽しいだろうなと思う。ブルーベリーの葉も、買ってきたときとは比べ物にならないくらい緑が鮮やかだ。これが大きくなって実をつけたら素敵だろうなと思い、そのまま食べるだけではなくてジャムも作ってみようなどと考えた。そうだ、駅前の本屋に、いろんな果実をジャムにする方法を解説した本があったっけ、と思い出し、さっそくそれを買いにいこうかと思ったが、妻がお昼のしたくができたわよと呼びにきたのでそれっきりになった。

昼飯を食うとたんに眠くなる。原稿の締切りが近づいているときはとくに眠くなる。だがここで眠ったらまた一日がぱあになると思い、顔を洗いに洗面所にいった。

ほどよい冷たさの水で顔を洗い、ようやく眠気がとれた。さあ、いよいよ仕事にかかるか、と思ったとたん、髪が伸びすぎているのに気づいた。普段は妻に適当に刈ってもらうのだが、ふと自分で切ってみようと思った。去年の暮れに、風呂釜を取り替えるついでに洗面台の上の鏡も取り替えたのだが、これがなかなかしゃれたやつで、左側に蝶番《ちょうつがい》でもう一枚細長い鏡がとりつけてあって、自分の横顔が見られるようになっているのだ。いわば「二面鏡」である。これなら自分で髪を切れそうだ。

ぼくは居間兼茶の間に戻って、いつも妻が髪を切るときに使う鋏《はさみ》を探したが見当たらないので、妻の裁縫箱から舌きり雀に出てくるような和鋏をとりだしてまた洗面所に戻り、髪を切り始めた。

前髪をまずじょきじょきと切った。少し左が上がっているようなので、調節する。なんだかクレオパトラか、岸田劉生《きしだりゅうせい》の『麗子《れいこ》像』のようであるが、まあ、いいだろう。それからてっぺんの毛を適当につまみ上げてちょきちょきやった。よく切れる鋏だ。散髪なんて思ったより簡単だ。次に左側面を刈る。いつも妻がやっているように、左の人指し指と中指で鬢《びん》の毛を挟んで、合わせ鏡に映し出した我が横顔を眺めつつ、石原裕次郎の『二人の世界』をふと口ずさみながら鋏をあてがってジョキンとやったら、見事に斜めである。おかしいな、今度は角度を変えて、と思いながらまた鋏を水平にあてがおうとするのだが、思いがけないことに、鋏が思うように動いてくれない。右に動かしたつもりが左に動き、前に傾けようとしたらその逆になる。つまり自分が思っているのと、まるで反対に動くのだ。これはどうしたことだろうと最初は不思議だったが、そうだ、自分が見ている横顔は、虚像の虚像なので、それで感覚が狂ったのだと気づいた。なるほど、一つ賢くなったなあ、と思いながら鋏の角度をいろいろ動かすのだが、自分の手が自分の手でないようでなかなかうまくいかない。やがて顔の方で焦れったくなったのか、顎を突き出したり、おでこを突き出したりするから、ますますうまくいかない。いい加減なところでジョキンとやったら、段ができた。あっちこっち手を動かしているうちに、指で挟んだ髪の毛がずれたんだろう。その角の部分をじょきじょきと切って「面取り」をする。どうもへんだが、これから嫁をとるわけでもないから、まあ、いいだろう。

そして、右側面にかかったのだが、この洗面台の鏡は二面鏡だから左側以上に困難だった。ぼくは洗面台に体の右側を向けるようにして立ち、鏡の角度を調節して切ろうとしたのだが、どうにも腕が窮屈だ。それも道理で、鋏を持つのが右手だから、右側の鬢の毛を水平に切ろうとすれば、その右手はウェイターが盆を肩のところで持つような、あるいは奇怪なモダンダンスの振りのような恰好にならざるをえない。ぼくは合わせ鏡を使うのを諦めて、正面を向いていい加減なところでジョキンとやったから、もちろん、左右の長さは違っている。これから嫁をとるのではないにしても、これではあんまりである。ぼくは自分で刈るのを諦めて妻のところへいった。

「どうしたの、それ？」妻は大きく目を見開いて聞いた。笑われるかと思っていたら、ほんとにびっくりしたような顔だったのがぼくはショックだった。

「ひどいかい？」

「あなた、一体どうしたの？」

そんな風に真顔で心配そうに言わなくたっていいではないか。

「髪を切ったんだよ」

「それはわかるけど、どうしてそんな――」

「いいから仕上げをしてくれよ」

「仕上がるかしら？」

「頼むよ」

「やってみるけど――」妻はぼくの頭に手を当てていろいろに向きを変えて見ながら言った。

「けど？」

「わたしの口からは言えないわ」

「とにかくどうなとしておくれ」

「じゃあ、ここに座って」妻は部屋の隅っこの座り机を指した。その上には、妻の母親の形見の姫鏡台が置いてある。

「洗面所でやったらどうだい？」

「あなたが立ったままじゃ刈りにくいわ。あ、ひょっとして、あそこで切ったの？」

「うん」

「ああ、たいへん。後でお掃除しといてよね」

原稿書き以外のことならなんでもする気になっている。

妻はぼくの首に婚礼の引き出物をつつむビニールの風呂敷を巻き付けた。

「えりの中にいっぱい髪の毛が入っているわよ」

「そういえばイガイガするね」

「ほんとに何にも考えないんだから。原稿に行き詰まってるんでしょ」

「今度ばかりはひどいね」

「いつもそう言いながら何とかなってきたんだから、今度もなんとかなるわよ」妻はここでにこっと笑った。そうあって欲しいものだが、妻にそう言われるとそんな風な気がしてきた。

「だけど、今度からお裁縫の鋏は使わないでね」

「どうして？　よく切れるよ」

「あなたのコワい髪を切ると、今度は布が切れなくなるわ」

妻は髪切り用の洋鋏で器用にちょきちょきと切りはじめた。ときどきうんと長い髪の房が落ちるが、ぼくが切った一番短い部分に合わせているのだろう。いったいどんな頭になるのか、なんだか楽しみになってきた。そしてまたいい感じで眠くなってきた。

そして、ぼんやりと姫鏡台の中の妻の手の動きを見ているうちに、ぼくはふとあることに気づいた。

「いつもと同じように切ってるかい？」

「いつもと同じというわけにはいかないでしょう。でも髪を伸ばしはじめた田舎の中学生みたいで、ちょっとかわいいわよ」

「髪のことじゃなくて、君の手のことだ。ほら、また左手に持ち替えた」

「ああ、こちら側を切るときには、左手の方がやりやすいのよ」

「そりゃそうかもしれないけど、よくそう器用にやれるね」

「わたしのお母さんはもっと器用だったわよ」

「そう？」

「包丁を使うのも、右でも左でもおなじようにやれたの」

「ふーん。不思議な親子だね」

「わたしも縫い物ならどっちでもやれるけどね」

「それは知らなかったなあ」そういえば、そんなところを見たような気もする。気づかなかったとはうかつなものだが、いかにもぼくらしいと自分でも思う。

「大したことじゃないけど、まあ、珍しいのかもね。さあ、こんなところでしょうか」

ややや長めのスポーツ刈りといったところで、思ったよりひどくはない。これから暑くなるのだから、さっぱりしてちょうどいいと思うことにした。

洗面所で切り散らかした髪を片づけて、シャツを脱いで髪をさっと水で洗い、新しいシャツに着替えて茶の間に戻り、やれやれと煙草に火をつけて時計を見たらもう三時だ。どうも世界がぼくに仕事をさせないようにしているんじゃないかという気がする。ぼくは五時以降は仕事をしない習慣だから、あと二時間しかない。これで茶を飲んでまた一息入れたら四時になる。するとあと残りは一時間ということになって、そんな短い時間では書き始めたらもう終わりということになるだろう。そういう中途半端なことではろくなことはできまいから、今日はもう仕事仕舞いということにしようと男らしく決めて、散歩にでもいこうかと思って立ち上がったら電話が鳴った。これがまたぼくを仕事から遠ざける電話だったのだ。

「もしもし。えー、毎度どうも」ぼくはおずおず受話器に向かって話した。最近は編集者の原稿催促の電話が多くて、ついしゃべり方が卑屈になるなと自分でも思う。

「おいこら、さっさと電話に出ないか」と、相手は言った。この権柄ずくの口のききようは編集者ではない。

「なんだ、河田か」

「毎度どうもとは何のことかね」

「こっちのことだい。それより、お前はまだそういう戦前の警官みたいなしゃべり方をしているのか」河田は高校時代の友人で、警察官なのである。

「冗談だよ。最近はホテルのボーイより礼儀正しくやってるさ。お前だから言ったんだ。元気かね」

「元気だが、ちょっとした病気になりたいもんだ」

「なんで?」

「入院すれば大いばりで仕事が休めるからな」

「いやだね、こういうやつは。仕事ったって、どうせうちでごろごろして、あることないこと適当に書き散らしてるだけじゃないか」

「代わってやってもいいよ」

「できることならそうしたいものだ」

「警官もいいな。おいこら、御用だ、お縄につけい、なんてね」

「そんな気楽なもんじゃないんだよ」

「そうかね」

「大変なんだ」

「仕事はなんだってそうなんだよ」

「お前が言うかね。それでさ、実はちょっと意見を聞かしてもらおうかと――」

「いいとも」

「奥さん、いるかい？」

河田は去年妻にアドバイスしてもらって難事件を解決したことがある。だからまた困って電話してきたんだとわかったが、人が快く意見を聞かしてやると言っているのに、それを無視して、奥さん、いるかい、は大いに失敬だ。

「まだ別れてないから、いるに決まってる」

「それはよかった。ちょっと奥さんに相談に乗ってほしいんだけど」

「ぼくには乗ってほしくないと言うのか。ああ、そうなのか」

「怒るなよ。お前の意見も聞かしてもらうさ」

「ほんとだな」

「ああ」

「よろしい」

「で、いってもいいかい？」

「いいだろう」

「いばってやがんな。毎度どうも、なんて言ってたくせに」

「国家権力には屈しないんだ」

「ああ、そうかね。じゃあ、六時ごろにいくから」

「夕食どきにね」

「いいじゃないか。奥さんの手料理のファンなんだ、おれは」

「ぼくも腕をふるってみよう」

「いや、お前には意見を聞かしてもらうだけでいいから」

「そうかい？」

「それから、奥さんに、こないだ食べた殻つき小海老と大根の煮物が大変においしかったと、お伝えしてくれ」

河田は飛騨《ひだ》の地酒と沼津《ぬまづ》のカマスの一夜干しと、イギリス製の高級チョコレートを手土産に持ってきた。新宿のデパートで買ってきたらしい。

「しかし、こんなにカマスをどっさりと、まあ」ぼくは呆れた。

「うまそうだったからね。奥さん、これはもちろん焼いて食ってもうまいですけど、お手間でしょうがこないだみたいにサツマにもしてもらえたらと思うのですが」

サツマとはぼくらの郷里の料理の一つで、白身の焼き魚の身をすり鉢ですって麦味噌と合わせ、ダシでのばして飯にかけて食う。薬味は青ネギだが、さらに紫蘇《しそ》や三つ葉やカイワレなどを好みで加えてもよい。いかにも田舎くさい料理だがびっくりするほどうまくて、ぼくなどはこの歳になっても三杯は軽くいける。ダシでのばさないで小鉢に盛って酒のツマミにするのもいい。

「いいわ。大した手間じゃないから」妻は笑って言った。

ぼくらはまずビールから始めて、それから飛騨の吟醸酒に移った。河田はうーん、うーん、と唸りながら、妻の作る郷土料理を目を細めて食べる。こいつは一体何しにきたのかとぼくは思った。

「食ってばかりいないで、何か言ってみろよ」ぼくの方から聞いてやった。

「へんな髪形だ」

「そうか？」

「そういう髪形が好きなのか」

「いいだろう」

「全然似合ってないぜ。そのモミアゲはなんだ。ちょっと前に若い男がそんな風にモミアゲを短くしてたよな。だけど、角刈りにするんならもっと長くしなきゃ」

「よけいなお世話だ。角刈りじゃなくて、スポーツ刈りというんだ、これは。それよりお前の髪はなんだ。いかにもデカ刈りだな。脂ぎとぎとのオールバックだ」

「一応まともな人間の髪だよ」

「東映のヤクザ映画に出るといい。顔にいっぱい肉をつけやがって」

「歳相応だい」

「それより、相談とはいったいなんだ」

「奥さんの手があくまで待ってるんだよ」

「おーい、時代遅れのオールバックが君の意見を聞きたいんだと」ぼくは声をかけた。

「今いくわ。おツマミはもういいかしら？」

「話のあとでご飯をいただければもういいです」と、河田は言った。

「なんだか緊張しちゃうわ」妻が着物の上に着た割烹着で手を拭きながらやってきた。「なんのお話？」

「実はまた難事件でしてね、困っているんです」

「話してごらん」とぼくは言った。

「今話すから、黙って聞いててくれよな」

「早く話せ。殺人事件か？」

「どうもそうかもしれないんだ」

「なんだ、頼りない」

「あなた、黙って聞きましょう」

「それみろ。ぼくが叱られた」

「うるさいなあ、まったく。でも、どうもはっきりしないんですよ、何もかも。最初は単なる事故死だとぼくらは判断したんです。だけど、どうもおかしいと言う者がいて、それでぼくがちょっと調べてみたんですが、たしかにちょっとおかしいような気もするんですね」

「さっぱりわからん」

「あなた」

　また叱られてしまった。

「被害者——と、まあ一応ぼくはそう呼んでいるんですが——被害者は有名な画家で、沢内優《さわうちゆう》太郎《たろう》、六十八歳」

「知らんなあ。そんなに有名なのか」

「お前が無知なんだよ。画壇の大御所だぜ」

「どうせ向こうもぼくのことを知らないだろうから、おあいこだ」

「どういう理屈だそれは。酔ってるな」

「河田さん、いいから続けて」

「遺体はちょうど一週間前の夜の六時過ぎに発見された。発見者は通いの家政婦さん。場所は柿《かき》ノ木坂《きざか》の高級住宅街にある自宅の離れのアトリエだ」

「お前は四谷署だったんじゃないの？」

「去年の九月に碑文谷《ひもんや》署に異動になったんだよ。葉書、出したろ」

「そう言われてみればそんな気もする」

「こういうやつだ。まあ、それはいい。それでと、沢内画伯は若いころからの習慣で、夜は仕事をしない」

「ぼくもしない。いやなんだ、人が憩《いこ》いの時を過ごしているのに自分が働くのは」

「お前のことはどうでもいい。とにかく、画伯は朝から夕方までぶっ通しで仕事をして、必ず六時までには切り上げる。それが長くコンスタントに仕事をするコツだそうだ。それで家政婦さんがアトリエの後片付けをしにいったところ、寝椅子の上で死んでいたというわけだ。左の手に鉛筆を持ったままね。外傷はない。実は沢内氏は去年の暮れに前立腺の手術を受けたおりに、心臓の発作をやって、それで長いこと入院していた。糖尿病もあったらしい。この四月に退院し療養していたのだが、ようやく体調もよくなったので、また仕事を再開したその日のことだった。だから、碑文谷署では老齢で病み上がりの上にいきなりハードな仕事をしたから、心臓発作を起こしたんだろうと最初は判断した。死亡推定時刻は、だいたい三時ごろだろうということだ」

「仕事はいけないな、やっぱり」

「ところが、その発見者の家政婦さんが、どうもおかしい、と言うんだ。何がどうだからと言うんじゃないけど、どうもへんな感じがするから、よく調べてくれと。それで、鑑識でまあ、一通り調べたところ、確かにちょっと妙な点がある。胸部の心臓のあるあたりにごく微かな変色の跡がある。また、両方の手首と肘の上あたりにも、ほんの僅かだけど色素の沈着が観察されたというんだ。また、血液の状態を検査した結果、死ぬ前に窒息のような状態に陥った形跡がある、というんだ」

「なるほど、そうか」

「なにかひらめいたのか？」

「いや、単なるあいづちだ。先を話しなさい」

「これらの痕跡はどれもごくかすかなもので、事故死説を覆《くつがえ》す論拠としてはさほど強力なものではない。胸部や手首の、かすかなアザなどは、ごく普通の生活をしていても生じる可能性があるとも言える。窒息に近い状態というのも、心臓発作を起こせば息ができなくなることだってあるんだから、必ずしも他殺を証拠だてるものとは言えない」

「やっぱり事故じゃないのか」

「それにしても、家政婦さんがあまり熱心に、へんだ、へんだと言うからね、おれは一応被害者の交遊関係や、死亡当日の行動を洗ってみた」

「何か出たのか？」

「とくに何も。被害者はその日の朝、仕事の前にタクシーを呼んで、知り合い——というか、実は愛人の画商が経営している画廊に顔を出し——要するに画伯はパトロンで、その若い経営者は銀座の高級クラブのホステスをしていたということだが——そこでもと弟子の秘書を交えて打ち合わせをした。来年、画伯の郷里の石巻《いしのまき》に完成する美術館に、画伯の絵がかなりの数収められることになっているそうで、その相談なんだ。すでに売った絵を画伯自身が買い戻して、その美術館にまた売る、というようなこともやるそうだ。これまでに描いた絵で、気に入っているのを一カ所に纏《まと》めたいという気になったそうだよ。まあ、それはわかる心理だよね」

「本は印刷すればどれでも同じだけど、絵の本物は一枚しかないわけだもんな」

「そういうことだ。で、まあ、その打ち合わせは九時前に終わって、それで秘書が画伯を自宅の離れのアトリエまで送って、そこで別れたそうだ。その車が門から出ていくところを、母屋の掃除を終えた家政婦さんが目撃している。クラクションの音が聞こえたので、つい何の気なく掃除をしていた母屋二階の寝室の窓から見たんだそうだ。それから家政婦さんは自分のアパートに帰っていった。画伯の昼食のサンドイッチと、ポットに入れた紅茶はアトリエの窓際のコーヒー・テーブルの上にもう置いてきたから、あとは夕方の後片付けまで用事はないわけだ」

「それで、夕方またやってきて、遺体を発見したと」

「そういうことだ」

「アトリエの様子に変わったことは？」

「とくにこれといって何もないんだが、画伯は相当精力的に仕事をしたようだ。アトリエの真ん中にはイーゼルがあって、そこに張りつけた画用紙には、下絵というか、デッサンが描かれていた。かなり細かく描きこんであるからね、絵のことはよくわからないけど、時間も相当かかったろうくらいのことはぼくにもわかる」

「サンドイッチと紅茶はどうなってたの？」と、ここで妻が言った。

「まったく手をつけた形跡がありません。だけど、芸術家という人種は、なんというのかな、こう興がのってきたら寝食を忘れると言うじゃないですか。へんと言えばへんですけど、普通の人間の尺度じゃ計れないんでしょう、きっと」

「ぼくは仕事は忘れても寝食は忘れたくないな」

「家政婦さんは、その点についてどう言ってたの？」と、妻が聞く。

「やっぱり女の人の発想は似ていますね。彼女もその点を不思議がっていました。そういうことはついぞなかったと言うんです。でもね、ようやくまた仕事ができるようになって、張り切っていたんなら、そんなこともあるでしょう。気になりますか？」

「ほかに、家政婦さんが奇妙だというのはどんなことかしら?」

「そのデッサンがね、どことなくへんだ、と言うんです」

「どうへんなのかしら?」

「それが、『どこと言われてもよう言わしまへんけど……なんや、へんな感じがするんどす』などと言っておりました。彼女は京都の出身らしいですな」

「いいなあ、京都の言葉は」とぼくは言った。

「な、いいよなあ」と河田。

「お前がしゃべると気味が悪いだけだけどな」

「ほっといてくれ」

「河田さんが見て、へんな感じはないの?」

「へんどころか、見事なものですよ。さすがに一流は違うなあ、と感心しました。画伯は洋画家ですが、題材は日本の伝統的なものを好んでいたそうで、そのデッサンも舞子さんのものでした。左側にこう舞子さんが斜に座ってこちらに横顔を向けて、真ん中に小さな鏡台、その隣の、つまり画面の右側には、その部屋の奥に座った二人の人間が描かれています。一人はお茶屋の女将《おかみ》でしょうな。もう一人は年取った旦那風の男で、嬉しそうな顔で舞子を見ています。馴染みの旦那というところなんでしょうかね」

「いいなあ、舞子さんは」

「な、いいよなあ」と河田。

「一度祇園《ぎおん》で一杯やりたいものだね」

「うんうん」

「そのデッサンはたしかにその日に画伯が描いたものなのかしら？」

「その点は確かです。朝、画伯が画廊にでかけているときに家政婦さんはサンドイッチと紅茶をもっていったわけですけど、そのときは白い紙のままで、死体を発見したときにそのデッサンが描かれていたんですからね、画伯がその日に描いたのに違いありません」

「やっぱり事故だよ」と、ぼくは欠伸《あくび》をしながら言った。

「おれもそう思うよ。だけど、そうではないんじゃないかとも思うんだ」

「なんだ、それは」

「におうんだよ。長年の刑事のカンというのかな。だけど、他殺とする決め手は何もない。事故死で処理しようという意見が大半なんだけど、どうも、このあたりの収まりが悪いんだ」河田は胸をさすった。

「飲み過ぎじゃないのか」眠くなってきた。

「そうじゃないよ、ばか。どうにも気持ちがすっきりしないんで、それで一度奥さんに意見を聞いてから結論を出そうと思ってさ」

「他殺だとわたしは思うわ」と、妻は言った。眠気がとんでしまった。

「どうして、そう思いますか？」河田がなんだか嬉しそうに聞いた。

「どうしてと言われても言われしまへんけど」妻が言った。「やっぱりなんやへんどすなあ」

「ふざけてるんじゃないんだろうね」ぼくは聞いた。

「いいえ、まじめよ。でも、お話を聞いただけでは細かい点はわからないけど」

「他殺だとすると、犯人は?」河田が身を乗り出した。

「家政婦かな?」とぼくは言った。

「どうして?」と河田。

「一番犯人らしくないのが犯人だ」

「聞いて損したよ。奥さんの意見では?」

「それはまだ言いたくないわ。結論するだけの材料がないんですもの」

「あるいは、画廊の女経営者と秘書の共犯かな?」ぼくはあてずっぽうを言った。

「おれもそんな気がしてしかたないんだ!」河田は叫んだ。「だけど、どうやったのかがわからない」

「アリバイは?」と、ぼくは聞いた。

「女の方は午前中画廊にいたし、午後は個展の相談のことで別の画家と会っている。それからまた画廊に戻って六時までいたから、アリバイは成立する」

「実行犯はすると秘書だ」とぼくは言った。「そいつのアリバイはどうなんだい?」

「画伯を送ったあと、オフィスにいって、例の石巻の美術館に収める絵のリストや、書類を作ったりしたそうだ。オフィスに入るところは目撃者がいる。午後は電話で絵の買い戻しの相談をしている。それは裏をとった。たしかに、二時半から三時過ぎまで電話をしている。相手の絵の持ち主がはっきり覚えていたからそれも確かだ」

「なんだ、アリバイが成立しちゃったじゃないか」と、ぼくは言った。

「そうなんだ」

「男らしく諦めるがいい」

「やっぱりそうなのかなあ」

「とにかく、もっと材料を集めてから考えてみましょう」と、妻は言ってにっこり笑った。


翌日の昼過ぎ、ぼくは東横線《とうよこ》の都立大学《とりつだいがく》の駅に降り立った。考えてみればこの二、三ヵ月、ずっと八王子の自宅でごろごろしているか、近所の丘陵地をうろうろ徘徊するばかりで、都心に出かけてきたことがなかった。季節のせいなのか、電車から眺める沿線の景色も意外なくらいきれいに見えて、なんとなくちょっとした旅行気分だったのだが、駅に迎えにきてくれた河田のごつい顔を見て現実に戻った。ぼくは在宅名探偵の妻の助手として調査にやってきたのである。

河田は古い黒塗りの大型車を駅前に堂々と停めていた。

「待たせたな」ぼくは助手席に乗り込みながら言った。「駐車禁止区域じゃないのか？」

「公務だからいいんだ」

「じゃあ、やってくれ」

「タクシーじゃないぞ」

車は駅前の繁華街を抜けて住宅地に入った。なるほど、いかにも品のいい高級住宅地という感じだ。

車は十分ほど走って大きなコンクリート塀に囲まれた邸宅の前に停まった。

「すごいお屋敷だなあ」

「日本で指折りの画家だからね、金はあるさ」

大きな木の門はまるで由緒《ゆいしょ》あるお寺の山門みたいに立派である。その通用口というのか、門《もん》扉《ぴ》の片方の一部がまた小さな扉になっていて、そこから河田に続いて中に入ると制服の警官があわてて庭の植え込みの向こうから駆けてきて、河田を認めて直立して敬礼した。河田は歩みを止めることなくちょっとうなずいて敬礼を返した。ぼくも真似て歩きながら敬礼した。

踏み石伝いに二十メートルほど歩いて玄関に出た。これまた立派な玄関だ。相撲とりが三人横並びのまま入れるだろう。河田はごめんくださいとも言わずにコロコロと気持ちのいい音のする戸を開けて中に入った。公務なら挨拶はいらないのかしらん、などと思ったが、考えてみれば、独り暮らしの主がもう死んでいるのだから、挨拶の必要はないのだった。それから靴を脱ぎ、ラックから多分絹製の刺繍《ししゅう》入りのスリッパを取って下におき、それをつっかけてさっさと奥に続く廊下を歩きだした。ぼくもそれにならった。

広い庭を見ながらずーっと廊下を歩き、角を曲がってしばらくいくと洋風の大きなドアがあった。これをあけるとまた廊下があった。両側は全面ガラス張りである。そしてその両側の庭は洋風の庭園なのだった。この先が離れのアトリエなのだろう。まさか死体が転がっているわけではあるまいが、なんとなくぞくぞくする。

また立派な彫刻をほどこしたドアがあって、それをあけると二十畳ほどもある板張りの部屋だった。なるほど、これがアトリエなのだ。

日光を好きなだけ採り入れられるようにするためか、壁の大半が窓になっていて、今はすべてカーテンに覆われている。左手の窓のカーテンを少し引いて外を見ると、煉瓦のフェンスに四角く囲まれた芝生の庭だ。ぼくのいる位置のちょうど向かいがまた門になっていて、閉ざされたその門扉の横棒には大きな南京錠がぶら下がっている。河田はそれを知っているから母屋の方に車をつけたのだろう。

さて、部屋の南側の窓辺にはゆったりした、いかにも寝心地のよさそうな、黒っぽい木の寝椅子がおいてある。この上に沢内画伯の死体が横たわっていたのだと思うといささか気味が悪いが、そうでなかったらぜひ一度横になってみたいと思わせるような寝椅子だった。

高さがいろいろなイーゼルが幾つも壁際に寄せて置いてあるが、どれも何もかかっていない。部屋の真ん中に据えたイーゼルだけに、画用紙が張りつけてあったが、それが昨日の話に出たデッサンだと一目でわかった。ぼくは近寄ってじっくり観察した。それは横長の絵で、画板を横に据えて画用紙の四隅をピンでとめてある。画面の左側に、座ったきれいな舞子さんの姿が右斜めの方向から大きく描かれている。舞子さんは姫鏡台に向かって、左側の膨《ふく》らんだ部分の髪の乱れを左手でそっと直している恰好で、どうやら化粧をしおえたところのようだ。そして鏡をはさんで反対側には、なぜか手を叩いて大きな口をあいて笑っている老婆がおり、その隣に胡座《あぐら》をかいた禿げ頭の老人が嬉しそうな顔で舞子さんの方を見ている。こちらは単なる遠景としての存在だからか、鉛筆の線はまるで一筆描きのカリカチュアみたいだけど、実に巧みな線の流れだ。なるほど、河田が言ったようにさすが一流の画家のデッサンだと納得した。

「これのどこがへんなんだ?」と、ぼくは河田に言った。

「な、見事なデッサンだよな。ちっともへんじゃない」

ぼくは妻に言われた通り、この絵の写真を三枚ばかり撮った。これでここの調査は終わりである。妻はこのデッサンの写真だけを撮ってこいと言ったのだった。

次にぼくらは車で恵比寿《えびす》にある家政婦さんのアパートまでいった。彼女に直接話を聞いてこい、と妻が言ったのである。家政婦さんには河田が電話で連絡を入れてあった。

家政婦さんのアパートの外見はかなり古かったけど、部屋は日当たりがよくて、きちんと片づいており、とても居心地がいい住まいだった。それから、部屋に入ったとたんに気づいたことだけど、線香のいい匂いがした。

家政婦さんは森本《もりもと》という姓で、眼鏡をかけた小柄な六十くらいの人だったけど、頰のあたりがふくよかで、うんと年下のぼくが言うのもなんだけど、とても可愛らしい感じのする人だった。

もう用意をしてあったのだろう、ぼくらが座るとすぐお茶と八つ橋がでた。お茶が実にとろりと甘くて美味しかったので、ひょっとしてこれは玉露《ぎょくろ》ですか、と聞いたら、ようご存じでと言って恥ずかしそうに笑った。ここで河田は外で待っているからと言って、出ていった。お巡りさん相手だと、緊張して思うようにしゃべれない人もいるから、この人ひとりで話を聞いてもらっていいかしら、と妻がゆうべ河田に頼んだのだった。河田は、自分はもう十分に「聴取」したから、いいですよ、と、別に気を悪くするでもなしに承知した。やっぱり「聴取」という感覚で質問されたら、この人なんかは萎縮《いしゅく》しちゃうんだろうなと、ぼくは家政婦さんの顔を見ながら思った。

「なんぞ、わたしに聞きたいことがおありとか」と、彼女は言った。

「あのデッサンがどうもへんだ、とお思いになったとか？」

「へえ」

「沢内さんの絵はこれまでよくごらんになっていたのですか？」

「へえ。わたしは先生の絵がほんまに大好きでしたから」

「お若いころから？」こんな質問は全部妻に命じられたものばかりである。

「へえ」

「ひょっとして、先生のモデルをなさったこともおありなのではありませんか？」

「いや、恥ずかしおすけど……へえ、おます。よう、おわかりになりますなあ」

「わかっているのはぼくじゃないんですけどね」

「へえ？」

「いやそれはいいとして、それで、どうもこの絵は違うなと？」

「へえ。そうどす」

「先生が描いたのではないんじゃなかろうかと？」

森本さんは目を丸くした。「どしてそないなことまでおわかりになるんどす？　へえ、実は、一目見たときからそう思うたんどす。あのときは気ぃが動転しとったからかしらんとも思いましたけど、それが、またあとで見たときにもそう思うたんどす。あの舞子はんもそらきれえやけど、なんや、こう、冷たーい感じがしますやろ。それに、一緒に描いとられる男はんも、ただいやらしい感じで。わたしちょっとびっくりしました。いや、せんせ、これまでとえろう違う絵ぇをお描きにならはったんやわと、わたし、そう思うたんどすけど」

「警察にも、どこか、へんだと言いましたよね」

「へえ。そう言うたんどすけど、そんならどこがへんなんや、それを言うてみい、いうて、なんや怒られてしもうて。ほしたら自分の思うたんが、気の迷いやったような気がして、すんません、ようわからしまへん、言うてこらえてもらいました」

「それは、叱ってたんではないんですよ。ああいうしゃべり方しかできない男でね。顔ほど怖い男じゃあないんです。それからサンドイッチを食べてなかったことも？」

「せんせはわたしの作ったもんは、なんでもおいしい、おいしい言うて食べてくれはります。それに、病気をなさってからはとくに体のことは気ぃをおつけでしたから、お食事はいつもきちんと食べてはりました」

「森本さんの目から見て、先生はどういう方でしたか？　とくに、女の人に対して」

森本さんはここでぼくの目をじっと見て、ちょっとの間考えてこう言った。

「なんや、うちらのことはお見通しみたいどすな。へえ、それが犯人をつかまえる足しになるんやったら、わたし、お話しします」

そう言って彼女が話してくれたのは、およそ次のようなことであった。

彼女は娘時代は舞子だった。そして、「えらいせんせに連れられてきた」若き日の沢内画伯と知り合いになって、モデルをつとめるようになった。その絵はいろんな賞をとって、「沢内せんせはえらい絵描きはんにならはった」。そのうち自分はある方に引かされて、そのお世話になって、まあ何一つ不自由ない生活を送っていた。その方が亡くなってからは、縁があって結婚もして東京に出てきたのだけれど、その夫とも死に別れて、それからこの仕事をするようになった。そして、ほんとに偶然せんせと再会して、それなら自分の家の面倒をみてくれ、言われて、もっぱらせんせのお家だけの家政婦として働くようになったのが、五年前。

「せんせのお人柄ですか？　そらええ人ですよ。とても優しい。とくにおなごの人に対しては。せんせはきれいなおなごの人が大好きでした。自分で言うのもなんですが、わたしのことも好いてくれました。一緒になろうと言われたことも、舞子をしとったときにありましたが、せんせはひとりだけのおなごで満足できる方やおまへん。そやからお断りした形になったんどすけど、男はんやし、まして、きれいなもんを追い求めるのがお仕事の絵描きはんやし、それはそれでええと、そうわたしは思います。けど、せんせといっしょになって泣かされるのは、男で苦労した母親見て育ったわたしですから、それだけはいややと思うて、一緒にはなりまへんどしたけど、それで、いっしょになった男はどやったかと言いますと、せんせの方がましやったかもしれまへんなあ」

ここで、森本さんは悲しそうに笑った。

「そんでも、わたし、せんせには、ほんまに恩を感じてます。せんせが描いてくれたわたしの絵ぇは、そら、もう本人よりかずっとずっときれいで、わたし、その絵の写真見るだけで、ほんまに幸せな気持ちになるんどす。へえ、画集もちゃんと持っとります。

せんせはほんまに天才やったと、わたし、絵ぇのことはようわからしまへんけど、そう思うとります。わたしがモデルになったからと違いますよ。そら、もう、誇らし思てますけど、それとは別に、せんせは、おなごのほんまに美しいところを、この世の誰よりも上手に描いたお方どす。言い方はおかしおすけど、せんせいうたら、ほんまにおなごがこの世のなによりもお好きな方で、せんせみたいにおなごのよさをわかって、その上それを立派に描ける人はおまへん。ほんまに、せんせの絵ぇを見るだけで、おなごいうたら、ええもんなんやな、ほんまにいとしいもんなんやな、おなごに生まれてよかったわと、おなごのわたしがうっとりするんどす」

「どうして事故死ではないとお思いになったのですか？」

「おなごのカンどす」

「犯人は？」

「ここだけの話にしといてくれはりますか？」

「もちろんです」

「あの、おなごと、もと弟子の秘書の人や思います。へえ、証拠がのうても、アリバイいうもんがあっても、わたしはそうや思てます」

　ぼくは新宿まで送ってもらってそこで河田と別れた。それから紀伊國屋《きのくにや》にいき、そこで沢内画伯の画集『日本の女たち』を買って電車で八王子まで帰り、撮った写真をあずけて、現像焼き付けができるまで本屋で時間をつぶした。最近は三十分で現像できるから時間をつぶすのも造作ない。それからくたびれていたのでバスをやめてタクシーで帰宅した。

　ぼくは好物のソラマメの塩ゆでをツマミにビールを飲みながら、妻に調査結果を詳しく報告した。妻は炊き込みごはんと豆腐の吸い物を食べつつ、ときおり、ふんふんとうなずいたりしながら、ぼくの報告を聞いた。

　それから妻はぼくの撮ってきた写真と、買ってきた画集を繰り返し眺めていた。

「どうもあまり収穫はなかったようだね。こうなりゃ、持久戦だ。腰を据えてかかろうよ」と、ぼくは言った。

「そうでもないわ、上出来よ、あなた。明日から自分の仕事にかかれるわ」

「ホント?」嬉しいような、そうでもないような。

「ええ」

「いったい……」

　電話が鳴った。

　妻が電話に出ているあいだ、ぼくは写真と画集をじっくり眺めてみた。これを見て何がわかるというんだろう？

　二十分ほどして妻が戻ってきた。

「河田さんからだったわ」

「で？」

「鉛筆からもと弟子で秘書の人の指紋が出たって」

「ああ、指紋かあ！　君が指示したのかい？」

「ええ。あなたが今朝でかけたあと、河田さんに電話して調べてもらったの」

「それまで警察は指紋をとってなかったんだ？」

「事故死か他殺かわからないんだし、鉛筆がそんなに重要な意味を持つとは思わなかったんでしょうね」

「それで、河田はどうする？」

「もちろん、秘書とその画商の女の人を逮捕するんでしょう。でも、まずは重要参考人として警察に呼ぶのじゃないかしら」

「それで、追い詰めて逮捕かい？」

「そうなるでしょうね」

「しかし、その指紋が、その、一体証拠になるんだろうか？」

「多分大丈夫よ」

「あいつにその理屈がわかってるのかな？」

「電話で説明してあげたわ」

「ああ、わからん。ぼくにも説明してくれよ」

「あなた、ご飯は？」

「食べるけど、説明を――」

「食べながら聞けばいいでしょう」

妻は自分の食器を下げ、ぼくの炊き込みご飯と吸い物を持ってきた。それから針仕事の道具を持ってきて縁側の障子側に座ると、「あなたが質問して。わたしが答えるから」と言って頼まれ仕事の縫い物を始めた。上等な訪問着のようだ。妻は自分ではこういう派手な着物を持ってない。欲しいとも思わないそうだ。ただ、こういうきれいな着物を縫うのが楽しいのだと言う。

ぼくは何から尋ねようかと考えていたのだが、結局それさえよくわからなかったので、目をつぶって頭をぶるぶるふって一番最初に浮かんだことを尋ねた。

「この絵のどこがへんなんだろう」ぼくは写真の一枚を手にとって眺めながら言った。

「まず、舞子さんの体の向きがちょっとへんでしょう？」

「そうかい？」

「それはさっき画集と見比べてみて気づいたんだけどね」

「どうして？」

「舞子さんは画面の左側にいて、こちらに、主に顔の右側を見せているでしょう？」

「いかにも」

「だけど、画集の中の美人画では、ほとんど全部逆よ。二人女の人がいるときは、その写真のような姿勢の女の人もいるけど、全体の構図のポイントは右側にいる方の女の人で、その顔にしても、右側にいて顔の左の方を見せている女の人の方が出来がいいと思うの」

「そう言われてみれば、そうだねえ。これは驚いた」

「沢内画伯だけじゃないわ。どうもわたしの今までの記憶では、ほとんどの画家が、顔を左から見た方から描きたがる傾向があると思うの」

「外国の場合も？」

「ええ。その傾向はあると思うわよ」

ぼくはいろんな名画を思い浮かべた。「うーん、そう言えば、そうかもしれないなあ。いや、驚いた。だけど、なぜなんだろう？」

「わたしにもよくわからないんだけど、その方が描きやすいからだと思うわ」

「どうして？」

「手の動きが自然なんでしょう」

「ああ、つまり、右利きの人間にとっては――」

「ええ。そうだと思うわ」

ぼくは空中に右向き、左向きの横顔をそれぞれ指で描いてみた。

「なるほどなあ。しかし、河田の話から、そこにピンときたの？」

「絵の中に姫鏡台があるでしょ。それを聞いたときに、昨日のあなたの散髪のことを思い出して、それでふと女の人の体の向きが逆じゃないのかなあ、って思ったのが最初だけど、もちろん確信があったわけではなかったわ。とにかく、その絵が見てみたかった。それに、森本さんがその絵がへんだと言ったでしょ。わたし、そういう女の人の感覚って、とても鋭いものだと思ってるから、いったいどこがへんなのか、とても興味があった。彼女がわざわざ怖い警官にそう言いにきたからには、きっとそうなんだろう。だとすると、その絵はだれかほかの人が描いたものではないか、と思ったの。すると、どういうことになる？　事故死ではないということになるでしょう。とすれば、他殺ということになり、その絵を描いた人が犯人――あるいは、少なくとも事件に深い関係を持っている人間、ということになるでしょう。だけど、その絵はそれなりに大変上手に描いてあるということで、だとしたら、素人に描けるものではない。秘書はもと弟子だったから、きっとこの人に違いないと思ったわけ」

「はー！　だけど、どうやって殺したんだろう？」

「犯行当日の朝、沢内さんをアトリエまで送っていったでしょ。そのときには沢内さんはもう自由に動けない状態だったと思う。わたしは睡眠薬を飲まされていたんじゃないかと思ったの。それで、サンプルとして保存されている沢内さんの血液を検査してもらったら、やっぱり微量の睡眠薬が検出されたそうよ」

「そうか！　だけど、手首とか肘のあたりにかすかなアザみたいなもんがあったということだったけど」

「あれは睡眠薬を飲ませるために、縛ったんでしょうね。多分、ナイロンのストッキングとか、絹のスカーフとかね、そういった跡の残りにくいものでやったんだと思うわ」

「女もからんでいるんだもんな、そういう品物には事欠かない」

「そう。それで、意識のなくなった沢内さんを二人でアトリエまで連れてきて、女の人が一人で車を運転して帰った。クラクションを鳴らしてね」

「母屋にいる森本さんに車が出ていくところを見せるため？」

「その通りよ。ただし、運転している人間が誰か、まではわからない位置でね」

「周到なものだ」

「計画は以前から十分に練ってあったでしょう。いろいろ準備もあるしね。それから、ひとり残った秘書が、三時ごろまでかかってデッサンを描いた。秘書は右利きか左利きか河田さんに調べてもらったけど、やっぱり左利きだったわ」

「なるほどねえ！　しかし、デッサンを描くのなら、前もって自分のところで描いておいて、それを持っていけばいいんじゃないか。なにもそのアトリエで描かなくても」

「これはわたしの想像なんだけど、あえてアトリエで描きたかったのじゃないかしら。かなり屈折した動機でね」

「一種の仕返し？」

「たぶんね。これだけの絵の描ける人が、画家になるのを諦めて秘書になったんでしょ。師匠に対して、なにか複雑な感情があったのではないかな。それはこれからの調べでわかるでしょうけど。でも、この絵を見ただけでも、この、もとお弟子さんには、一流の画家になるための何かが欠けているような気がわたしにはするわ」

ぼくはあらためて写真を手にとって見た。

「なんと言えばいいかしら。絵の対象に対する温かみ、というか、人間的な感情というようなことなのかしら。沢内さんの絵には、ちゃんとそれがあるわ。ほら、ここに、同じような構図で同じモチーフを扱った絵があるでしょう」

「これはひょっとして森本さんかな？」

「たぶんそうでしょう。この絵は見ている人間が、ほんとに心の底から華やいだ気分になって、ほっとして、嬉しくなってしまうような絵よ。森本さんの言葉がいいわ。『おなごいうたら、ほんまにいとしいもの』なんだって、これを見たらわたしもそんな気になるわよ」

「確かにそうだな」

「これは天性のものね。お弟子さんの方は、技術的にはかなりのものがきっとあるんだと思うけど、そういう肝心のものが欠けているような気がわたしにはする。そういう人の絵は、感心することはあっても、感動することはないんでしょうね、きっと」

「そういえば、この旦那の方は、ずいぶんと意地悪く下卑《げび》た感じに描いてあるような気がするね」

「たぶん、先生への恨みの反映なんでしょう。画商の女の人は先生の愛人なんでしょ。その舞子さんはその女の人に似ているかもしれないわね。その旦那の方はきっと先生のつもりでしょう」

「秘書と女はできてるのかな」

「まずまちがいないでしょうね。二人の側からすれば、そういう面からしても先生は憎い邪魔者だったのよ」

「そういう面から、というからには、ほかの面も？」

「なんだか悲しくなっちゃうんだけど、たいていの事件では、必ず『経済的な面』というのがあるのよ」

「なるほどねえ。それもいずれはっきりするんだろうな」

「でしょう」

「それで、デッサンを終えて、眠っている先生を？」

「そうでしょう」

「どうやって？」

妻は縫い物の手をとめて顔をしかめた。

「頭にビニール袋を被せた上に、心臓を圧迫したんでしょうね。あてがった手のひらに上から全体重をかけて。死ぬまで」

「ああ、そうか！　もともと心臓が悪いんだしね、それだときっと発作が起きるよな。しかし、ひどいことをする。だけど、秘書はその時刻に、絵の買い戻しの相談で電話してるんだぜ」

「オフィスから電話したとは限らないでしょ。電話で秘書はオフィスからかけてると言ったんでしょうけど、それがほんとかどうか、相手の人にはわからないわ」

「だけど、アトリエに電話はなかったぜ」

「携帯電話を使ったのよ」

「そうか！　いや、すると、秘書は電話をしながら沢内さんの心臓を――？」

「そういうことができる人なんでしょう」

「それから鉛筆を沢内さんに持たせて――」

「ついうっかり左手にね」

「指紋はふかなかった？　忘れたのかな？」

「事故死に見られるに決まっていると思っていたんでしょうし、かりに他殺の線で調べられたとしても、鉛筆は凶器でもなんでもないんだし、そこに指紋があったって、何の決め手にもなるもんか、ぐらいに思っていたのかもしれないわ。そういう挑戦的なところが、秘書にはあるのかもしれない。その点もまた、屈折した復讐心の、屈折した反映かもしれないわね」

「それから人目につかないようにそっと出ていった？」

「そう。あなたのお話にもあったけど、あまり人通りのない閑静な住宅地でしょ。それは全然むずかしいことじゃないわ」

「本人は完全犯罪と思っていたのかな」

「自信はあったでしょうね。実際、森本さんが『どこと言われてもよう言わしまへんけど、なんや、へん』だと思って、それを河田さんに言わなかったら、そして、河田さんがそれを気にとめてなかったら、完全犯罪になっていたかもしれないわ」

「見事先生の仇を討《う》ったんだ」

「そうね」妻は縫っている着物を、縫う手をとめてしばらく眺めていた。「この着物を着るお嬢さんはどんな人かしら。きっと、とてもきれいな人ね」

「それはどうしてわかるんだい？」

妻は笑って首を振った。「ただそんな気がするだけよ。きっと、とてもすてきだろうなって。ああ、きたきた」

羽ばたきの音が近づいてきた。いつもやってくるミミズクで、いつものようにオリーブの木の枝にとまった。満月を背景にして見ると、なんだかすごく大きいように思う。

妻は台所からイリコをとってくると、庭下駄を履いてオリーブの木の下にいった。ミミズクが嬉しそうにぽーぽーと鳴いて、下の方の枝におりてきて、妻がイリコをさしのべるとうまそうにそれをついばんだ。ぼくはそれを見ながら、ふと娘時代の妻がこの訪問着を着たところを思い描いた。

二、三日して河田から電話があって、二人が全部自供したと言った。犯行の手順についてはほとんど妻が推理した通りだった。
秘書の動機はいくつかの要因が重なっていた。直接のきっかけは秘書と画商の女が二人して先生の金をごっそり横領していたのが先生にバレて、あの朝きつくなじられたことだったが、二人は以前から理《わり》ない仲になっていて、それで先生が邪魔になったこともあり、また横領もそのうちバレるだろうから、いずれ亡き者にしようと思って計画を練っていたのだという。さらに、秘書は先生に根強い恨みを抱いていた。何度か展覧会に出品したものの落選ばかりだったのだが、秘書はそれを先生の陰謀だと思い込んだのだった。なぜ先生が彼に対してそういうことをするのかといえば、それは彼の才能に先生が嫉妬しているからだそうだ。先生はぼくの真似ばかりしてちゃだめだとよくうるさく言ったものだが、それは先生の嫉妬と恐れの現れに違いないのだと、秘書は言ったそうだ。

結局そんなことの憂さばらしのつもりで始めたギャンブルにのめり込むようになって、かなりの借金を作った。それを知った先生が、秘書としてやり直せと言ったのでそれに従ったのだが、それは先生の親切でもなんでもなくて、優越感を満足させたかっただけなのであり、自分はそういう先生に復讐するために秘書になったのだから、先生の金を横領したことについても、また、殺したことについても、何の罪の意識もない、と、もと弟子は言ったそうである。

それから数日後、ようやく原稿を仕上げたころに、河田から妻宛の宅配便が届いた。去年の事件のときと同じく河田の感謝の気持ちなんだろう。前回同様、郷里からとりよせた名産品がどっさり詰まっていたが、今回は中に郷里の地酒が一本入れてあったから、多少はぼくの意見にも感謝しているのかもしれない。

ぼくは早速それをあけ、オンザロックにして縁側で飲んだ。姉さん被りの妻が洗い張りの板を日の当たるところに並べ換えている。もうすっかり夏のようだなとぼくは思いながら、冷たい酒が喉を通って、やがて腹の中でふーっと熱くなる感覚を、ゆっくりと楽しんだのだった。

寿留女《するめ》

この世においては、悲劇的なことがそのまま悲劇的に受け取られるとは限らない。とすれば、それはいっそう悲劇的ではないかという気がする。

ぼくの身にはそういう悲劇的なことがよく起こる。

若い時分に腰痛になった。ものすごく痛くて、寝返りもままならなかったが、周りの反応ははなはだ冷淡なもので、ぼくは同情されるよりも苦笑と失笑と憫笑《びんしょう》の対象でしかなかった。

また、痛風の発作を起こしたときも同様だった。こんなに痛いのに何故こんなに笑われねばならぬのだろうかとぼくは思った。

以後、世の中に同情を期待するのはやめた。

期待するのはやめたが、そういう悲劇は以後もちょくちょくぼくの身に起こり続けた。

そして、つい先日の夜、また起こったのだった。

ぼくは悪戦苦闘してようやく短編を一本仕上げ、バスで町に出て、親しい本屋さんからファックスで原稿を送ったのち、今夜はゆっくりビールを飲みながら思う存分だらだらすごそうと楽しい空想にふけりながら、雨の中を川に沿って歩いた。ぼくは雨の日でも散歩するのが好きなのだ。着ているものはそりゃ多少は濡れるけど、ちゃんと黒のゴム長もはいているからいくら歩いても平気である。今年の梅雨はほんとによく降る。すっかり増水した川では、カルガモだかなんだかの水鳥の群れが、芥《あくた》が流れ寄せられてできた州《す》というか自然の筏《いかだ》の上で、ゆうゆうと羽繕《はづくろ》いをしていた。備えさえあれば雨の日もいいものである。

それからまた町に戻った。なにか肴になるものをスーパーで買おうと思ったのだ。なんとなく永井荷風《ながいかふう》の弟子になったような気がして、愉快になった。

もちろん、妻が夕食を作ってくれるから晩酌のツマミは十分あるのだろうが、なにしろ今夜は心おきなくだらしなく飲む気だから、夕食のあとでもあまり腹にたまらず、食べていても飽きないものはないかと思ったのだ。

グリーンピースやソラマメのフライビーンズは好きだし、手ごろなんだけど、あれは痛風に悪いと言われているし、つい夢中で食べていて気がついたら袋が空になっている、という状況におちいると、どういうわけかとても物悲しい気分になる食べ物である。

それで、今夜は他のものをと考えながら売り場を歩いていると、見事なスルメが目に入った。スルメは保存食品だからときにかなり古いものも売っていたりする。食べてアタるわけじゃないが、そういうのはうまくない。ところが、これはまだ新しそうで、肉も厚い。申し分のないやつだった。ぼくはそれを買うとバスに乗って家に帰った。

玄関の戸を開けたとたん、揚げ物をするにおいが漂ってきた。

「おかえりなさい」と、天麩羅《てんぷら》鍋に向かっていた妻が振り返って言った。「お風呂がわいているわよ。ご飯の前にさっと浴びたら」

「いいなあ、天麩羅だ」

「精進揚《しょうじんあ》げよ。ほら、このお茄子《なす》のきれいなこと」

「お茄子はかりかりと香ばしい衣を着せてもらって、ほんとに幸せそうだなあ」

「うきうきしてるわね」妻が笑って言った。「さっき河田さんから電話があって、今夜遊びにくるって」

「あいつの食べる分もあるかい？」

「大丈夫よ」

「なら、いいんだが。そうだ、これも揚げておくれよ」

「なあに、ああ、スルメね」

「ビールには最高に合うんだ」

「いいわ」

「よーし」

「何が、よーし、なの？」

「今夜はたらふく飲むぞ」

「次の原稿の締切りも迫ってるんだから、ほどほどにしてよ。それにもう若くはないんだからね」

「わかった、わかった」

ぼくはスルメを妻に託して風呂に入った。もう六時を過ぎているのだが、外はまだ明るい。風呂場の窓を開けると、細かい雨が降りこんでくる。ぼくはその雫《しずく》を顔に受けながら湯船に体を沈めた。なんだか山の温泉に入っているようである。ぼくは『ブルーベリー・ヒル』という古いロッカバラードをうろ覚えの歌詞で適当に歌いながら、その三連のリズムに合わせて手拭いで背中を洗った。締切りとは不思議なものだ。その手前だと、こんなに疎《うと》ましいものはないが、過ぎてしまうとなんだかいとおしくさえあるではないか。

湯から上がって脱衣籠を見ると、浴衣が畳んで置いてある。普段は着物はとんと着ないが、なるほど、締切りのあとで天麩羅をつまみにビールを飲むときは浴衣に限る。我が妻ながら気がつく女だ、と思いながらそれを着て、適当に髪を手櫛《てぐし》でなでつけて居間兼茶の間にいくと、もともと大きな顔の男がいっそう大きな顔で食卓について、ビールを飲んでいる。

「先にやってるよ」と、河田は口の周りに泡をつけたまま、左手のグラスと右手の箸を差し上げて言った。ぼくはタラバ蟹《がに》を連想した。

「ああ、早く、早く」と、座るなりぼくは言った。

「何が?」

「ビールだよ。早く注がないか」

「何かと思ったら、そんなことか」

「この状況において それ以上に大事なことがあるか」

「そんな大層な。ますます飲み食いに執着するようになったなあ。老化のしるしだよ」

「お前に言われるかね」

「確かにこの家で食べるものはなんでも美味い。ああ、このカボチャの甘いこと、茄子のじっくり汁けの多いこと。ビールまでよそで飲むよりずっとうまいもんな」

「そう言ってもらえると張り合いがあるわ」

妻が揚げたてのスルメを紙をしいた竹籠に入れてもってきた。

「お、それは何ですか？」

「スルメなの。この人の大好物でね、ちょっと顎がくたびれるけど、おいしいのはおいしいわよ」

スルメは、身の方は上下に二つに切り、さらにそれぞれを二センチ幅で縦に切る。それに衣をつけて揚げると、くるりと直径三センチに丸まって、テープを巻き取ったような形になる。食べるときは手にとって、テープ状の身を下の歯で少しずつ折り取るような恰好で食べる。足の方は、一本ずつさいて揚げる。どちらも、イカの天麩羅よりずっとうまい。

「ほーう、なるほど。これがスルメの天麩羅ですか。どれどれ」

河田はそう言うとクルリと巻いた身と足を一つずつつまみ、両方いっぺんに口の中に放り込んだ。豊かに肉のついたほっぺたが左右かわるがわる奇怪な形にふくらむ。やがて、喉仏が大きく動いた。飲み込んだのだろう。こいつにかかると手ごわいスルメもひとたまりもないな、と思う。

「うん、お前の好物らしく変な食い物だが、なかなかうまいね」と、河田は言って、また足と身を手にとったからぼくは言った。

「ケチンボで言うんじゃないんだがね、これは一つずつ味わって食べるんだよ。それぞれの味があるんだからね」

「なに、うまけりゃこっちのものだ」

「そりゃそうだけどね」

ぼくも身をとってゆっくり嚙んだ。ああ、油と出会っていっそう豊かさを増したうま味が、溢れるほどに口の中に広がる。さて、飲み込もうかと思ってスルメを舌の真ん中に移したとき、何か異質な感触があった。スルメの方は飲み込んで、異質な感触の物を残して舌で探ってみたところ、なんだか骨のかけらみたいである。なんでスルメに骨があるのだろうと不審に思いながらそれを手のひらに吐き出してみると、なんと、銀色の金属片だ。

「ありゃあ!」

「なんか入ってた?」

河田の手土産とおぼしき鰹《かつお》を刺し身にして運んできた妻が心配そうにきいた。

「とれちゃった」

「なんだ?」と、河田が身を乗り出して手のひらをのぞきこんだ。「ああ、ああ、奥歯に被せてたやつがとれたんだな」

「まいったな」

「歯医者さんに持ってって、またくっつけてもらえばいいんでしょう?」

「うん」

「どれ、どこがとれたんだ? あーん、してみろ」

「あーん」

「ああ、右上の一番奥の歯だね」

ぼくは舌で触ってみた。「ああ、ほのひょうーだ」口を開いたままなので、こんな発音になる。

「それにしても虫歯だらけだね。奥歯は全部被せてあるんだな」

「おはえはって、ふしははるはろう」

「なんだ?」

ぼくはいったん口を閉じて言い直した。

「お前だって虫歯はあるだろう」

「ない」

「ほんと?」

「一本もない。目は2コンマ0だ」

「いやなやつだな」

「どれ、もっぺん口を開いてみろ。ああ、この被せてるのがとれた歯な、変に黒ずんでるぜ。

中で腐ってたんじゃないかな」

「いやなことを言うな」

「だって、それこそいやなにおいがするぜ。明日すぐ歯医者にいきなさい。口閉じてよし。ああ、見苦しかった。しかし、スルメを食ってて被せてたのがとれたなんて、なんともマヌケな感じだね」

「歯がいい人間は心臓病になりやすいんだってな」

「ほんとか?」

「いい歳して目もいいのは糖尿病の予備軍だってよ」

「おいおい」

「うそよ、河田さん。あなた、いい加減な憎まれ口を叩くのはよしなさい」

「だって、悔しいんだ、ぼくは」

「しかたないでしょう」

「あっはっは。すまんね、このうまいスルメはぼくが引き受けるから」

「反対側で噛むわい」

「そんなにむきにならなくたって、お刺し身でも茄子でも、柔らかいものは他にいっぱいあるのに」

「ほっといておくれ」ぼくはその金属片をティッシュにくるんで引出しにしまった。なんだかとても情けない。

「それでと、今夜訪ねてきたのは、奥さんの顔を見るのが一番の目的だったのですが——」と、河田はまだ口の中にスルメが残っているのに、さらに厚切りの刺し身を二切れ頬張りながら言った。

「自分の女房の顔を見てればいいじゃないか」

「ちょっと相談に乗っていただきたいこともありましてね」

河田はこれまでに妻のアドバイスで難事件を解決したことが何度かある。

「やっぱりそれだ。何かというと一般市民に頼るんだからしようのない警官だ」

「そうつっかかるなよ。どうした、顔をしかめて？　痛いのか？」

「そんな気がしてきた」

「気の毒にな」と、河田はちっとも心のこもってない調子で言った。

「あなた、大丈夫？」

「大丈夫だ、と思いたい。それで今度はなんだい。殺人か、盗難か」

「お前に相談に乗ってもらおうというのじゃないんだけど。えー、今度はですね、そのいずれでもないんです」

「失踪か、誘拐か」

「うるさいね。それでもない」

「失せ物か、縁談か」

「易者じゃないんだよね、おれは」

「じゃあ――」

「あなた、黙って聞きましょう」

「えーと、ですね、まあ、わりとくだらない話ではあるんだけど」

「そんなら聞きたくない」

「あなた」

「実は、夫婦喧嘩なんすよ、言ってしまえば」

「なんだ、くだらない。近頃は警察もヒマなんだねえ。それとも、碑文谷署がそうなのか？」

「今は三鷹《みたか》署勤務だよ」

「こないだは碑文谷署と言ってたじゃないか」

「だから、異動になったんだ」

「よく異動するやつだなあ。なぜなんだ。お前がいる署では、よく備品がなくなるとか？」

「人聞きの悪いことを言うな」

「あなた、ちょっと黙ってらっしゃい」

「黙りますよだ」ますます痛くなってきた。

「それでですね、今回は事件というのではなくて、ぼくの友達から相談を受けて、困ってましてね。まあ、大したことじゃないから、ほっといてもいいんだけど、ふと奥さんのことを思い出して、いい知恵でも借りられたらいいなと」

「さっさと言え」ずーん、ずーんとしてきた。

「お前は黙ってるんだろ」

「そういう要領の悪い話し方を聞いてると黙っていられない」

「河田さん、いいから話してみて。そういうお話のことでわたしにいい知恵が浮かぶかどうかわからないけど」

「箱入り奥様だからね、うちのは。痴情のもつれなら、どちらかと言えば小説家の領分だ」ぼくは茶箪笥からウイスキーを取り出し、グラスに注いでストレートで飲みながら言った。以前、歯がいたんだとき、ウイスキーで麻痺《まひ》させてしのいだことを思い出したのだ。

「お前は色っぽいものなんか書けないじゃないか」

「書けないんじゃない。書く機会がなかっただけだ。そう言うんなら見てろ。一頁読んだだけで顔が赤くなって脳味噌が爛《ただ》れるようなやつを書いてやる」

「やめてよ、そんなの書くのは」

「なに、どうせこいつに書けやしない。大丈夫ですよ。ほら、おれにも入れてくれよ」

「何を？」

「ウイスキーだよ。お前と話してると、ぱぱっと通じることがないね」

「ほら、飲め」

「もっと入れろよ」

「河田さん？」

「ああ、はいはい。えー、それでね、その友達というのが、大学時代のサークルで一緒だったやつでしてね」

「柔道部か」

「いや、スキーの同好会だ」

「馬鹿も休み休み言え」

「なんでだよ」

「ぼくはスキーなんか大嫌いだが、お前に履かれたら板が可哀相だ。田下駄の方が似合うだろ」

「ほっといてくれよ。こう見えてもうまいんだ。現に職場でも毎年仲間で連れ立って三、四回はスキーにいってるんだからね」

「警官の集団がお揃いの濃紺のウェアを着て、並んでゲレンデを滑ってきたら、なんとも言えない眺めだろうな。警察手帳を突き出してさ。どけどけ、公務執行妨害で逮捕するぞ、なんてね」

「河田さん、続けて」

「はい。えー」

「まず、『えー』というのを入れないと何もしゃべれないやつ」

「あなた」

「えー、その男が、まあ、浮気をしたわけです。浮気と言っても、本人はけっこう本気なんですけど。とにかく、それが女房の知るところとなって、離婚の話が持ち上がっているわけです」

「別れりゃいいじゃないか」

「それはぼくもそう思うけどね。その女房の出した条件というのが、かなり厳しいものなんだ」

「慰謝料？」と、妻がきく。

「ええ、まあ、そうなんです」

「まあ、とはなんだ。はっきりしろ」

「それを今から言うんじゃないか。女房の出した条件は、普通とはむしろ逆で、亭主に金をやるから、家から出ていけということなんです」

「ありがたい話じゃないか」

「お前のところなら、そりゃありがたいだろうさ。あ、ごめんなさい。そんなつもりじゃあないんです」

「どんなつもりなんだ」

「いいのよ、河田さん。先を」

「えー、その男の家というのが、府中《ふちゅう》のでっかいお茶屋なんです」

「相撲茶屋か」

「なんで府中で相撲茶屋なんだ。お茶っぱとか、抹茶とかを売ってる店だよ」

「煙草とか、鰹節も売ってるんじゃないか？」

「そういう、町内のお茶屋さんじゃないよ。問屋も兼ねてる大きな店で、相当な規模なんだよ」

「ああ、そうかね」

「もともと古い店で、何代も前から続いているんだが、その男が跡を継いだころはかなり経営不振で左前《ひだりまえ》だったけど、女房に才覚があって、その男もマメに働いたから、今ではかなり持ち直したそうだ」

「けっこうな話だねえ」

「そうさ。だけど、商売が順調になってくるとともに、亭主の方は浮気の虫が起こる。そこで、事務員の若い女と理《わり》ない仲になった。若いと言っても、相対的に若いと言うので、歳は二十八か九だそうだ。離婚経験もある。二人とも最初は気楽な浮気でもだんだん本気になってきて、そうなると女房にばれるのが怖くて、事務員は勤めをやめた。今は出入りの運送会社で働いている。亭主がそのあたりは手配したんだね」

「そうか、ますますけっこうな話だ」

「聞くのがいやなんなら、縁側で一人で飲んでろよ」

「雨が降ってるんだぞ」

「雨見酒だ。風流だろう」

「きさま――」

「河田さん、お話を早く終わらせて」妻の声がなんだか不愉快そうなので、ぼくは少し驚いた。

「はいはい、ただいま。それでですね、どこまで話したっけ?」

「府中でお茶屋をやってるってとこ」

「違うだろ。それは最初の方じゃないか。やっぱりちゃんと聞いてないな。えーと、――」

「事務員さんが運送会社で働いているというところです」

妻が空いた食器を片づけながらなんだか疲れたような声で言った。ぼくの方はウイスキーをずいぶん飲んだからけっこう酔ってはきたけど、歯の痛みは全然やわらがない。近頃のウイスキーは質が落ちているのだろう。

「えー、まあ、そんな風にしてうまくやってきたつもりだったけど、女房にばれてしまった」

「そりゃ、けっこうな――」

「あなた」

「それで、今度の夫婦喧嘩というわけさ。もっとも、喧嘩といっても、女房は名門女子大出の才媛でね、そこらのおかみさんみたいに大騒ぎをするわけじゃない。しごく、穏やかにさっきの条件で離婚を提案した」

「奥さんはどうしてその事実を知ったのかしら」

「大分以前から気配を感じていたんじゃないですか。それで、興信所に頼んで調べたようです。なんでも、亭主とその事務員の密会に関しては、去年の暮れ以降はすべてきちんとレポートに整理して、時間までまちがいなく書いてあるといいますからね」

「じゃあ、シラも切れないな」

「そうそう。それといっしょに、その家の全財産――つまり、不動産から、株から、売掛金から、銀行の預金から、すべてをきちんと表にして提示して、その半分の額をやるから亭主に出ていけというわけです」

「いくらくらいになるんだい、その半分で?」

「五千万あまりだね」

「すごい！」

「今時それっぽっちで感動するなよ。悲しくなるな」

「じゃあ、お前、五千万持ってるか。持ってるならここに出してみろ」

「子供みたいなことを言うな」

「ほんとにそれだけしかないの？」

「五千万なら、すごい額じゃないか。女は欲が深いね」

「何をおっしゃってるのですか」と、妻の口調が改まった。武家の妻みたいな口調になるときは機嫌が悪いときなのだ。欲が深いと言ったのが気にさわったかな？　もう。冗談なのに。

「そんな大きなお店なら、資産はそんなものではないでしょう」

「そう思いますよね、普通は。ぼくもそう思った。ですが、その店は店舗を大きく改装したり、土地を買ったりしてけっこう借金があるし、ほら、例のバブルが弾《はじ》けたというやつで、土地の価格も下がったり、株で相当損をしたりしてるから、実質的にはそれだけしかないと言うんですよ。経理なんかはその女房が実際に担当してるし、その帳簿を見れば納得せざるを得ない。それに、もっと株を買おうと言いだしたのは亭主の方だったし、それで大損したわけで、そんな事情もあるから亭主はぐうの音《ね》も出ないわけです。そもそも、今回のトラブルの元を作ったのは亭主だしね」

「ぼくはそこまで見通して、五千万なら上等だと言ったんだ」

「うそつけ。素朴《そぼく》にたまげてたくせに」

「とにかく、とどこに至ったなら、ありがたくその五千万円をもらって身を引いたらいいだろう。それだけあれば、ぼくなら年金がもらえるようになるまで何もしないで暮らしてみせるぞ」

「よくそういうことを自慢そうに言うなあ。だけど、亭主の方としてはさ、悪いのは自分だということは自覚してるんだけど、先祖伝来の店を手放すのはつらいわけだよ」

「その女房が店を守ってくれるだろうから、いいじゃないか」

「そんな風には割り切れないよ。女房といっても、別れたら他人だしね」

「そんなものかね」

「そりゃ、そうだろう。で、その亭主が電話をかけてきてさ、なんとかならないものかと涙ながらに訴えたというわけだ」

「お前に相談を持ちかけるくらいだから、藁をも摑むような心境だったんだろうねえ」

「なんだ、それは。でも、そう言われてもしかたないな。おれにもいい知恵は浮かばないし」

「弁護士に相談したらいいんじゃないか」

「それもやったそうだ。共同財産だから、それを二分するということに問題はない。もともとは亭主が相続したものだけど、それは左前の時代のことで、今みたいに持ち直したのは二人で力を合わせて働いた結果だからね。いや、新しい得意先の開拓やら、合理的な経営システムを導入したりしたのはむしろ女房の実績なんだ。亭主はそれを率直に認めている。だから、財産を半分に分けるということに関しては、亭主は感謝してもいいくらいなんだろう。とにかく、具体的な配分方法については当事者の話し合いで決めることだから、そこまでは弁護士でもどうにもならない。立場としては女房の方が強いわけだから、亭主としては打つ手がないのさ」

「それで腐ったわらしべにしがみついたと」

「お前なあ」

「お二人には、もうやり直す気はないのですね？」

「そのようです」

「それは、確かなことですか？　これはとっても大事なことかもしれませんよ」

「確かだと思います。細君に会ったことはないけど、やっこさんがはっきりそう言ってましたから」

「そうですか」妻はふっと立ち上がり、籠に残ったスルメの足を摘《つま》むと、障子を開けて濡れ縁から庭に出た。

ぼくらは互いに顔を見合わせた。妻がなんだか沈み込んだような顔つきで考え込んでいるので、ぼくらは言葉をかけなかった。

妻が庭の端っこに植えてあるオリーブの木の下にいくと、ばさばさと羽ばたく音がしていつものミミズクがどこからともなく飛んできた。雨はちょっと小やみになったようだ。

妻がミミズクに向かってスルメを突き出すと、ミミズクは梯子《はしご》のようにとんとんと枝を伝って下りてきて、妻が持ったスルメをついばんだ。ミミズクならスルメを食っても歯が痛くなることはないんだろうなあ、とぼくは思った。

　やがて、妻がぼくらの方を振り向いて言った。

「わたくし、ほんとに気が進まないんですけど、せっかく河田さんがこうしておいでになったので、できるお手伝いはいたします」

「ああ、それはよかった。すみません。いつも面倒をかけて」

「ただ面倒だけならよろしいのですけど」妻は悲しそうに微笑んだ。

「は？」

「お話でおよそのことはわかったように思いますが、念のためにもう少しだけ確認したいことがございます。河田さん、お時間はいつとれますか？」

「えー、今のところ暇ですから、明日でもかまいませんが」

「そうですか。こういうことは早くすませたいですから、じゃあ、明日、うちの人を連れて、その奥様に会いにいって話をきいてきてくださいますか？」

「かしこまりました」

「あなたはそれでよろしいですか？」

「はい」と、思わずぼくは正座に座りなおして返事した。

「わたくし、今夜はどうも気分がすぐれませんので、先に休ませていただきます」

　妻が隣の四畳半に引き取ったあと、ぼくらは言葉すくなにもう一杯ずつウイスキーを飲んだ。それで河田は帰っていった。その帰りがけの言葉が、「おお、大分腫《は》れてきたなあ。痛いぞ、それは」というものだった。そんなこたわかっているから、いっしょにこの歯の痛みを連れて帰ってくれんかねと、ぼくはほんとにそう思った――というのが、ぼくの同情されざる悲劇なのだが、他人の夫婦喧嘩のために吹っ飛ばされてしまったような塩梅《あんばい》である。

翌朝もまた雨だった。ゆうべは歯がうずいてよく寝られなかった。それで起きたらこの雨だ、と、恨めしく思ったものだが、からりと晴れたら痛みがなくなるわけでもあるまいし、あるいは歯痛には雨がよく合うのかもしれない。

妻は相変わらず不機嫌そうだったけど、朝食に粥を炊いてくれていたから、少しは回復しているのかもしれない。よけいなことを言ってまた気分を損《そこ》ねてはまずいので、ぼくは黙って粥を食べた。岩海苔の佃煮をのせて、痛くない方でゆっくりかんで食べた。

その間に河田から電話があって、一時に府中の駅で落ち合おうと言ってきた。そこから一緒にそのお茶屋さんにいくのだ。

歯医者は妻が朝一番で予約を入れてくれていたので、十一時に診《み》てもらえる段取りだ。出掛けに、いったいやっこさんの女房と会って何を聞けばいいのか、と尋ねたら、何でもいいのですけど、そうですね、どうしてお金じゃなくて店の方が欲しいのですか、ときいてみてごらんなさい、と言う。

それだけでいいのか、ときくと、ええ、と答える。ただ、そのときの奥様の言葉を、できるだけ正確に記憶してきてください、と。相変わらず武家の妻みたいなしゃべり方だ。何を怒っているのだろう。

妻が予約してくれた歯医者は八王子の駅からちょっといったところにあった。古い建物で、雨に濡れていっそうくすんだコンクリートの壁に、いじけた蔦《つた》の葉っぱがまとわりついている。その風情を見ていっそう気が滅入ったが、ここで逃げだしては痛みはひどくなるばかりなのだろう。

入口は汚い硝子戸《がらすど》で、その木の枠に塗ったクリーム色のペンキがひび割れている。最近の歯医者はいやにモダンな造りばかりでこういうのは珍しいのではあるまいか。あまり繁盛《はんじょう》しているようには見えない。

受付の婦人は、まるでこの歯科医院のためにあつらえたような年配の痩せた老婦人だったが、あるいは、先生の奥様なのであろうか。

待合室の床は、リノリウムのパネルを張ってあるが、それがところどころ欠けていて、下の黒ずんだコンクリートが見える。そのパネルの色は不健康な歯茎《はぐき》を連想させるもので、見ているうちにますます気が滅入ってきた。

待つことおよそ四十分。ようやく呼ばれて古い診療椅子に座る。いつもながらなんとも言えない気分だ。

奥から受付の婦人とお似合いの夫婦といった感じの医師が、汚れた診察着を着て出てきた。

「おはようございます」と、ぼくは挨拶した。

「おお、おはよう」と答えた口の隙間から、いやに黄色くて長い前歯が見えた。何本か欠けているようである。

「えーとですね、右上の奥歯が――」

「説明しなくたって、見ればわかる。口、あけて」

椅子の背がすーっと後ろに倒れ、老医師がぐっと身を乗り出すようにしてぼくの顔の上に自分の顔を近づけた。煙草のヤニのにおいと、口臭がした。マスクをつけてほしいものだ。

「ひどいな。手入れを怠っとるのが一目でわかる」

そして、ほじくり棒の柄の方で下の奥歯をこんこんと叩いた。

「いたっ！」

「痛いか」

「その歯が痛いんじゃなくて、上の歯ですよ。こんこん叩くから響いて痛いんです」

「そんなことはわかってるよ。これは診るときのわしの癖だな」

ぼくは椅子に寝たまま胸のポケットからティッシュにくるんだ金属片を取り出して手渡した。

「これがとれたんです」

「どれ。お、おっことしちまった」床を転がる音がする。「お、どこへいったかな。おーい」

いやになってきた。

「あった、あった」老先生はそれを指につまんで息をぷうぷう吹きかけた。ほこりを飛ばしてるんだろうけど、先生の唾よりほこりの方がましなような気もする。

「う、臭いな」先生は金属片を嗅いで言った。

「そうですか?」

「こういうにおいをわしは六十年も嗅いできたんだなあ」

そんな感慨は後にしてほしい。

「どれ」先生はまたぼくの口をこじ開けるようにして奥歯をのぞきこんだ。

「くっつきそうですか」

「だめだよ、これは」

「くっつきませんか?」

「くっつくけど、すぐとれるよ」

「どうしてですか?」

「不満そうに言うなよ。あのね、この歯は見事に割れてるの。ほら、ここで縦に割れ目が入っとるよ」

「ほら、と言われても」

「被せても、この割れ目から唾だの、ラーメンの汁だの、安物の酒だのがしみ込んでな、そのために接着剤がすぐ利かなくなっちゃうんだ。それ以上にだな、被せてた中で虫歯がもう相当進行してるからね、そのうちもっとひどい炎症を起こす。そうなったら、どうなると思う?」

「どうなるんでしょう?」

「ものすごく痛いよ」と、意外に素直な返事。

「ははあ」ぼくは現在の痛みを頭の中で三倍くらい増幅してみた。ぞっとした。

「じゃあ、まず、その歯の治療ですか?」

「治療したって、岩に肥やしをかけるようなものだろう」

どういう意味の譬《たと》えだ、それは。

「では?」

「抜くぞ」

「抜かなきゃだめですか?」ああ、いやだ、いやだ。

「おーい」医師はぼくの質問に答えないで、受付の老婦人を呼んだ。そして、何やら二言三言、言いつけた。

ぼくは観念した。

最初の麻酔注射は涙が出たくらい痛かったが、抜歯自体の手際《てぎわ》は意外と鮮やかで、わりと簡単に抜けた。

「ほら、これだ」先生は、ぼくの目の前で、抜いたばかりの血まみれの歯のかけらを組み立てパズルみたいに合わせて見せてくれた。

「なあ、この合わせ目の黒い線が、先からあった割れ目だよ。こっちが、わしが今かちわった跡だ。な、割れてる上に、ずいぶん虫歯が進んどるだろう?」

「そうですね」自分の歯でもあまり見たくない。

「歯茎の傷の方はわしがうまく抜いたから大丈夫だが、明日かあさって、念のために見せにおいで」

「はい」

「浮かない顔をしてるな。麻酔が効いてるはずだし、今はもう痛くないだろう?」

「痛くはないですが、抜いた歯はもう生えてはきませんよね」

「大人の歯だからね」子供に言い聞かせているような口調だ。

「親からもらった歯を不注意から永久になくしてしまったわけですね」

「なんだか殊勝なことを言うね。親御さんは健在かい?」

「二人とも亡くなりました」

「じゃあ、言わなければ歯を抜いたことはわからないだろう」

どういう意味だろう、これは。

「まあ、これからもどんどんガタがくるよ。これに懲りて歯の手入れに気を遣うことだね」

「ありがとうございました」

「痛み止めはいるかい」

「もちろんくださいよ」

雨の中を駅に向かって歩きながら、ふと大学時代の授業で読んだゲーテの「五十歳の男」という話を思い出した。それはたしか『ウィルヘルム・マイスター』の中の一挿話だったように思う。ある五十男が若い娘に慕《した》われて、本人もまんざらでもない気分になっていい気になるのだが、ある朝突然歯が一本抜けたことによって、自分の老いを自覚する、というような話だったように記憶している。先生はちょうど五十歳くらいの人で、「君達若い人にはピンとこない話かもしれないね。だけど、ぼくなんかはずいぶん身につまされる。君らも歳をとったらわかるよ」などと言ってたっけ。当時は面白くもおかしくもない話だと思ったものだ。面白くもおかしくもないのは今も同じだけど、なるほど、身につまされる。おつむの方は若いころと大して変わってはいないが、肉体の方はせっせと時間を自らに刻みつけているのだ。ぼくはまだ四十五なんだけど。

府中駅には十五分ほど遅刻した。

「すまん、すまん。歯医者が思ったより手間取ってな」

「くっついたかい？」

「面倒だから抜いてきた」

「ほう」

ぼくらは雨に濡れていやに生々しい緑が溢れかえる並木道を歩いた。植物はこうして毎年新たな緑を身にまとうのだ。

十分ほど歩いて「緑芳堂《りょくほうどう》」に着いた。思ったより小さな店構えだが、なるほど、伝統を感じさせる佇《たたず》まいである。京都にあるとぴったりという感じだ。

店先には若い女の店員さんが二、三人いて、客の応対をしている。店の横がどうも不調和だけど大きな駐車場になっていて、そこにトラックが三台停めてある。その向こうにあるサッシの扉の建物が事務所なんだろう。

河田が先に立って事務所に入り、渋い緑の作業服を着て西陣《にしじん》織り風のネクタイをつけた初老の男に来意を告げた。

「あ、そうでざんすか」と言った。本人はそうでございますか、と言っているつもりなのだろう。東京育ちの人にときどきあるしゃべり方だ。

男はインターホンでぼくらのきたことを報告したのち、「どうぞこちらへ」と言って先に立って奥のドアを開け、ぼくらを母屋に案内した。

事務所を出るともう日本風の庭園になっていたが、これが不思議なくらい大きな、手入れの行き届いた庭で、いったいこの屋敷と事務所の土地の形はどうなっているんだろうと、建物に沿って作られた屋根付きの通路を歩きながらぼくは考えてみたが、ぼくは空間把握力が極端に弱いから、どうもうまく想像できない。

ぼくらは庭から母屋に入った恰好だ。縁側の前にびっくりするくらい大きな石の靴脱ぎがあって、ぼくらはそこで靴を脱いで上がった。男はぼくらを和風の応接間まで連れていってまた事務所に帰っていった。今日会う予定のない夫の方は別棟に住んでいるのだと河田が言う。その別棟とやらはどこにあるのかわからない。これくらい大きな家だと、家庭内離婚にも便利である。

ほどなく、抹茶色の和服をきた奥様自らが手に茶と菓子を載せた盆を持ってやってきた。もっとも、奥様だということは、彼女が河田に向かってこう言ったからわかったのであるが。

「足元の悪いところ、ようこそおいでくださいました。どうぞ足をおくずしください。ちょうどいい新茶が入りましたのでいれてまいりました。お気に召すとよろしいのですけど。お見えになることは主人から聞いておりますが、どのような御用でおいでになったのでしょうか？あなた様が河田様でいらっしゃいますね？」

姿同様に美しい声で、しかもその抑揚になんとも言えない艶めかしさがある。参ったぞ、これはとぼくは思った。

「えー、その、お忙しいところ、お邪魔して申しわけありません」と、河田はえらく緊張した声で言った。河田も細君と会うのは初めてである。「こいつがその、聞きたいことがあるというもので」河田は相手役を早々にぼくに振った。

「あなた様も、主人のお友達でいらっしゃいますか？」

そういう目で見つめられると困ってしまう。「えー、そうではありませんが、まあ、友達の友達だから、やっぱり友達ということになるのかな、と」

「はあ」またじっとぼくの目を見る。

「このたびはまことにその、ご愁傷《しゅうしょう》さまと申しますかなんと申しますか――」

「何言ってんだよ、お前」河田が小声で囁いてぼくの脇腹を小突いた。そんならお前が質問してみろとぼくは思った。

「どうか、お気になさらないで、なんなりとお聞きください。もう事情はご承知なんでしょう？　まことに恥ずかしい話でございますが、事実は事実ですし、わたくしどものためにと思っておいでくださったのですから、わたくしも率直にお答えして、できるだけいい形で収めたいと思っておりますので」

「まことにごもっともです」

ぼくがそう答えてちょっとのあいだ沈黙が続いた。

「何してる、早く聞けよ」と、隣の河田がまた小声で言った。

「何を聞きにきたのか、ど忘れしちゃったんだよ」

「おほほ」と奥様が笑った。「いいんですよ。どうぞゆっくりお考えください」

「そうですよね。こいつは警官なんで、すぐせかすんです」

「おほほ」

「ああ、そうだ、なんか、他人がよけいなことを聞いて申しわけないんですけど、離婚に伴う財産分けのことなんです。奥様はお金じゃなくてお店の方をとることを希望なさっておいでと聞きました。それは、どういうわけなのでしょうか?」

「そのことでございますか」

「そのことでございます」つられてよけいなあいづちを打った。

「お聞き及びかどうか存じませんが、自分で申すのもなんですけど、この店がここまで盛り返したことについては、わたくし、微力ながらなにがしかの貢献をしたと自負しております。いえ、そんなことよりも、もっと端的に申しまして、わたくし、この店に愛着がございます。まるで、自分が生れ育った家のような気が——いえ、誇張《こちょう》ではございません——するのです。そういう家から、自分のせいではないことのために、どうして出ていかねばならないのか、わたくしには理解できません」奥様は手を上品に膝の上で組んだまま、自然に背筋を伸ばして、低いけどよく通る声で話した。ぼくは自分がテープレコーダーになった馬鹿げたイメージを懸命に頭に描きながら傾聴した。

「人の心は、どうにもなりません。ですから、あの人に他に愛する方ができたとしても、それはしかたのないことだと諦めております。わたくしにはわかりませんが、きっとわたくしにも落ち度があったのでしょうし。それはとても悲しいことですけど、そうなってしまった以上、いまさら騒ぎ立ててどうなるものでもありません。ですから、その点はあの人の好きにしてよろしいのです。

ですが、わたくしがこの家から出ていくことには納得できません。それではまるで『家を出される』みたいではありませんか。世間はそう見るのではありませんか？　それは承服しかねます。これが、この家の方を選んだ一番の理由です。わたくしはあの人を責めようとは思いません。ですけど、わたくしがあの人に代わって世間の無言の非難を引き受ける気はありません。偉そうなことを申しますが、あるいは、わたくしは女というもの、妻という存在全体のために頑張っているような気さえいたします。わたくしがここでお金をもらって引いたのでは、わたくし以外のすべての女の人に対してすまない――そんな気がするのです。お笑いになりますよね、きっと」

「とんでもない」ぼくと河田は合わせたように首を振った。

「店をとるからには、あの人に経済的な面で損はさせないように、わたくしきちんと財産を評価して、その上で、額面ではあの人の方が、むしろ得になるように提案いたしました。あの人は、ちょっとひどい言いようかもしれませんが、わたくしと暮らしてきたこの家を顧《かえり》みず、捨てたも同然のことをしたのです。そのような人に、財産が半分になって、ますます経営が難しくなってくる店をまかせていいものでしょうか。わたくしは舅《しゅうと》、姑にもずいぶんと、まるで実の娘のように可愛がってもらいました。その親たちのためにも、わたくしは店をむざむざ潰すようなことはしたくないのです。あの人には、新生活をはじめるのに十分なお金が入るわけでしょう。どうか冷静に考えて、お二人で幸せになってほしいと、わたくしは祈っております」

「よくわかりました」ぼくらは丁寧にお辞儀をして、その家を出たのであった。

「いい女だったなあ」と、もときた道を引き返しながら河田は感心して言った。

「ほんとだね」と、ぼくは言った。「ああいう女房を持って、浮気の虫が起こるかね」

「魔がさしたということかなあ」

「そうなんだろう」

「で、いい知恵が浮かんだかね？」

「やっぱり旦那が五千万もらって家を出るのがいいよ」

「そうだよなあ」と、河田も賛成した。

「いやあ、実に素敵な人だったよ」と、帰ったぼくは縁側で縫い物をしている妻に言った。

「それはようございました」

まだ機嫌がよくない。

「聞けと言われたことは聞いてきたけど」

「ご苦労さま」

「報告しようか？」

「どうぞ」

相手がこういう調子だとしゃべりづらいけど、ぼくは懸命に記憶を辿って、できるだけ正確に伝えた。だんだん調子が出てきて、最後の方は声帯模写みたいな感じになった。

「と、いうことだった」

「よくわかりました。ほんとにお上手だこと」

「いい知恵が浮かんだかい？」照れくさくなった。

「いいか悪いか、今はなんとも申せません」

「ふむ。それでどうするのかな？」

「河田さんにお電話してみましょう」

妻はいかにもやりきれないという顔で縫い物を置いて、電話をかけにいった。そして、十五分ほど話して戻ってきた。何を話したのか、知りたかったけど、妻の顔つきが、まるで体の具合でも悪いかのようだったので、つい聞きそびれてしまったのだった。

翌日から妻の機嫌も直ったのだけれど、ぼくの方に突然ピンチヒッターとしてのエッセイの依頼があったり、単行本の著者校正が入ったり、ひと月おきとふた月おきの連載の原稿の締切りが重なってやってきたり、引き受けたきり忘れていた中編の締切りが突然天から降ってきたりしたものだから他人の離婚どころではなく、ひと月近くその件については忘れてしまって妻に尋ねることもしなかったのだったが、それらの仕事もようやく片づいたころ、河田から電話があった。

「今日お礼にいくからな」と、河田は言った。

「礼には及ばん」

「お前に礼をするんじゃない。奥さんだよ」

「妻の礼は夫の礼だ」

「何をわけのわからんことを。寝ぼけてるのか」

「ゆうべ、徹夜だった」

「たまには仕事をしてるんだ？」

「ミステリーを読みだしたらやめられなくなった」

「ばかやろう。とにかく、こないだの夫婦別れの件がな、まあ、穏便《おんびん》に片づいたのよ」

「ああ、あれか。結局、旦那が五千万円もらって家を出たと？」

「そうじゃない。女房が一億もらうということで家を出たんだよ」

「そりゃまたどうして？」

「まず、功労者の奥さんに報告するんだ。早く代わってくれよ、気のきかないやつだ。お前はあとで奥さんから聞けばいいだろう」

河田の報告を聞いた妻が居間兼茶の間に戻ってきた。なんだか悲しそうな顔だった。

「どういうことだったんだい？」

「奥さんにも、男の人がいたのよ」妻はちょっと目を細めて針に糸を通しながら言った。

「へえ、ほんとかね！」

妻は縫い物の手をとめてぼんやりと庭のオリーブの木を眺めている。もう梅雨は明けた。光るオリーブの葉っぱが眩《まぶ》しく見えるほどだ。

「実に意外だね。あんな立派な奥さんがねえ」

「そうね。でも……」

「でも？」

「やっぱり愉快な話じゃないわね。早く話して忘れてしまいましょう。そう、立派な奥さんだわ。だけど、立派すぎるのよ」

「立派すぎる？」

「わたしはあなたの丁寧な報告を聞いてそう思ったの。そう思うのがいやだったけどね。でも、まず、それを感じたのよ」

「と言うと？」

「もし、少しでも旦那さんに愛着が残ってたら、あんな風に言うかしら。立派すぎるのよ。だから、とても冷たい感じがしたの」

　ぼくは思い出そうとしてみた。「そう言えば、そうかもしれないね。だけど、夫婦仲がずいぶん前から冷めてたのかもしれない。だったら、ああいう反応もありうるだろう?」

「そうね。でも、わたしはこう考えた。夫婦仲がそんななのに、奥さんはどうしてあなたが言ったように、『若々しくて艶めかしくて素敵』でいられるのだろうか、と」

「なるほどね」

「いやね。そんなの、よけいなお世話じゃない? それに、ほんとに品のない発想だわ。そういう女の人ならきっと他に男の人がいるんじゃなかろうか、なんてね」

「そうか!」

「もちろん、確信があってのことではなかったわ。わたしの勝手な当て推量よ。だから、旦那さんの側も興信所に頼んで奥さんの身辺調査をしてみたら、と、わたしは勧めたの」

「そうだったのか」

「これは偶然だけど、その調査員は、旦那さんの調査をした人だったそうよ。ずいぶん皮肉ね。そして、つい一週間ほど前に、その証拠を掴んだというわけ」

「すごい」

「すごいことあるもんですか」妻はきっとなって顔をこちらに向けた。あまり下手《へた》なあいづちは打たない方がよさそうだ。

「わたし、そういうアドバイスをする自分がいやで堪《たま》らなかったのよ。こんなこと初めてだわ。

最初っから、不愉快でしかたなかった」

「うん」

「自分にまったく関係ないよその奥さんのことを疑って、身辺調査をするように助言するなんて……。浮気したことが明らかになっている旦那さんの肩を持つぃわれなんか、わたしにはないのよ。結果はわたしの当て推量が当たったわけだけど、わたし、それが外れてくれればいいと、ほんとに何度も思ったわよ。奥さんの言葉じゃないけど、なんだか、自分が女というものを貶《おとし》めているような気さえしたわ」

「それは考えすぎのような……」

「現にそんな気がしたのよ。そして、結果は奥さんが折れて、財産を半分もらうことでけりがついたのだけど、それがはたしてよかったのかどうか、わたしにはわからない。奥さんの言うように、店は奥さんがとった方がよかったのかもしれないわ。奥さんにとっても、旦那さんにとってもね。奥さんの言うように、旦那さんの力じゃやっていけないかもしれないでしょう?」

「なるほどね」

「じゃあ、わたしは何のために、誰のためにこんな思いをしたんだろうって……。だからと言って、河田さんを責めてるんじゃ全然ないのよ。河田さんはお友達のことを思って力になろうとしたんだから」

「それはよくわかってるよ」

「誰も勝てないゲーム、誰も得しない賭」

妻はまたオリーブの木を見つめた。

ぼくは一つ咳払いして言った。

「奥さんは財産の半分として、一億もらうことになったというんだけど、それはどういうことなんだろう？」

「あげる場合は五千万、自分がもらう場合は一億という風に算定したんでしょう。経理面では奥さんが実権を持ってたんだし、そこらあたりはどうとでもなるんじゃないかしら」

「なるほどなあ」

「そういうことを知るのも、悲しいわね。素敵な人だったんでしょう？」妻はまったく皮肉の影もまじえずにそう言った。

「自分の取り分ということになればなあ。まあ、人情だよね」

「そうね」

「奥さんの浮気の相手は誰だったんだろう？」

「以前から店と繋がりのある大きな羊羹《ようかん》屋の旦那さんですって」

「お茶には羊羹か！　悪い冗談みたいな話だなあ」

「ほんとね」

妻はそれで口をとざし、あらゆる考えを振り払おうとでもするように、一心に縫い物をしていた。

四時過ぎに、河田が礼を言いにやってきた。河田には妻の気持ちがよくわかっているらしく、その件に関しては、ただひとこと「どうもすみませんでした」と、詫びとも礼ともつかないことを深々と頭を下げて言っただけだった。

そして、そのあと、これで梅雨明け祝いをやりましょうと言って手土産をさしだした。見事な巨峰をひと箱、見事な鮎、新潟の銘酒、そして大きなスルメが十枚である（この野郎）。

ぼくら三人はわいわい言いながら梅雨明けを祝った。ふと気がつくと、妻がオリーブの下でミミズクにスルメの足と巨峰の粒を食べさせている。満足したミミズクがぽーぽーと鳴いて飛んでいった。夏の夕陽を全身に浴びて、妻はその後をじっと眺めている。河田の鼾を聞きながらその姿を見ているうちに、徹夜明けのぼくもいつしか眠りに落ちた。

ずずばな

今年の夏の猛暑を口実に怠けていたらすっかり怠け癖がついて、もう彼岸《ひがん》を過ぎたというのにさっぱり仕事の調子が出てこない。いやいや机の前に座っても頭がまるで働いてくれない。それでいつしか机の中の整理を始めた。

今使っている机は学生時代からのもので、幾度も引っ越しをしたのだが、その都度《つど》引出しをガムテープで張りつけて運ぶという方式だから、思いがけないものが残っている。学生時代の図書貸出カード、かちかちに乾いた朱肉、落書きばかりしてある手帳、学費の督促《とくそく》状、親からの現金書留の封筒の束（もちろん中身はお説教の手紙だけで金はない）、ピースの空き箱で作った土瓶敷き、なんぞが出てくる出てくる。そして旧姓の妻に宛てた手紙が出てきた。これはいったい何の手紙だろうかと思って読むうちに顔が火照《ほて》ってきた。さすがに自分で照れくさくなって投函せずに終わったものだろう。

仕事をしなければならないというのに、婚約時代の妻に宛てた手紙を読んで顔を赤らめているのだからまるっきり馬鹿みたいである。ぼくは手紙を引出しの一番底にしまって、取り出したものをまた元のように戻した。整理しようにもこれらの品物をどこに置いたらいいのかわからなかったからで、だから机の中がこんな風なのだと改めて思い知ったのである。これで小一時間が経過した。

こんなことばかりしているわけにはいかないから、またワープロに向かい、「とにかく、なんでもいいから書き出せば、言葉が出てくるのじゃなかろうか」と打ってみたが、そうはいかない。「やれ、困ったわい」とまた打ったところで尻がむずむずしてきた。「今日はだめだから、酒でも飲んで早く寝よう」と打って終了キーを押した。もっとも酒は毎晩飲むが。とにかく、もうしらない。

庭では妻が箒《ほうき》で落ち葉を掃き集めていた。

「今夜のおかずはなんだろな」と歌いながらサンダルを履いてぼくも庭に出る。

「さーて、なーににしようかな」と、妻も歌うように返事する。「もう今日のお仕事は終わったの?」

「今日のところは終わった」

「今度の締切りはいつなの?」

「すんだことは聞かないでくれ」

「え?」

「もう過去のことだ」

「締切りが過ぎちゃったの?」

「ぼくに断りもなく」

「大変じゃない」

「言わないでくれ」

「困ったわね」

「また電話でぺこぺこ頭を下げたら二、三日は延ばしてくれるだろう。お、これは何だい？」

ぼくはオリーブの根元あたりの地面からしゅーっと伸びた二本の茎を指さした。てっぺんには幾つか蕾《つぼみ》がついている。

「ずずばな」

「なんだ、それは？」

「彼岸花よ。曼珠沙華《まんじゅしゃげ》ともいうわ」

「これがね。なるほど。しかし、『ずずばな』とはね。なんだか、いたずら坊主が洟を垂らしているみたいな名前だな」

「小さいころ、わたしたちはそう呼んでいたの。多分、『数珠花《じゅず》』が訛ったんだと思うけど。ほら、この茎を一センチくらいの間隔で折っていって輪にすると、ちょっと数珠みたいになるでしょ。だから、ずずばな」

（のちに辞書を繰って調べてみたのだが、この花にはいろんな呼び方がある。「ずずばな」というのは載ってなかったが、「死人《しびと》花」とか「捨て子花」とかいう名前もある。「葉見ず花見ず」というへんな名前もある。葉は花の後に出るそうで、両方いっぺんに見ることはない、という意味なのだろうか。また、「狐花《きつね》」という名もある。さらに、「剃刀花、灯籠花《とうろう》、したまがり、天蓋花《てんがい》」などとも言う、とある。大したものだが、「ずずばな」というのがぼくは一番気にいった)

「言われてみれば、聞いたことがあるような気もするね。君がここに植えたのかい?」

「何言ってるの。ここに越してきた年からずっと毎年咲いてるじゃない」

「そう?」

「あなたは考えごとしてると何も目に入らない人だからね」

「『あーかい花なーら、曼珠沙華ー』という歌があったな。だけど、この蕾は白いぜ。今から赤くなるのか?」

「これは白い花なの。珍しいけど、たまにあるのよ」

「ふーん。早く咲かないかな」

「あと、二日ってとこかしらね。今年は遅いのよ。今朝ラジオでも言ってたけど、暑さのせいだか、いつもの年より一週間くらい遅れてるらしいわ。去年はほんとに見事にお彼岸の中日に咲いたのよ」

「なーに?」

「それだ」

「植物でもそうなんだから、ぼくだって遅れるわけだ」

「そうね」妻は笑いながら言った。そして、ふと真顔になってオリーブの枝を見上げた。その枝の向こうの空が淡いオレンジ色に染まっている。日が落ちるのもめっきり早くなった。「鳥も暑さのせいでへんになっちゃったのかしら？」

「なんのことかね？」

「ミミズクがね、この一週間くらい姿を見せないの」

「ほう」

「何かあったのかしら」

「身内に不幸があったのかも」

「ミミズクの？」

「うん」

「いやなこと言わないでよ」

「お、きた」

「どこ、どこ？」

「ミミズクじゃなくて、イノシシがやってきたよ」

生け垣の向こうに高校のころからの友人の河田が立っていて、風呂敷包みを持ち上げてぼくらに挨拶をした。「うまいもの持ってきたよ」

河田は警察官で、立川に住んでいる。

「郷里の友達が送ってくれたんだよ」と言いながら風呂敷を解くと、ビニール袋に入った魚が出てきた。

「お、河田みたいな顔をしてやがる」

「失礼なことを言うな」

「まあ、見事なオコゼね」

「そいつは仕出し屋をやっててね、ときどき送ってくれるんです。クール便という便利な物ができましたからね。春は鰆《さわら》を送ってくれたっけな」

「それをなぜ持ってこなかった」

「家族で食っちゃったよ」

「これは家族で食い切れなかったということか」

「女房が実家に帰っててね」

「逃げられたのか」

「馬鹿言え」

「身内に不幸があったかな」

「あなた」

「高校のときの恩師の米寿の祝いをかねて同窓会をやるんだ。女房は九州でね。二、三日羽を伸ばしてくるんだと。息子どもは魚がきらいで、友達とハンバーガーを食う方がいいって言うから、持ってきたんだよ。一人で食ってもつまんないし」

「つき合ってあげよう」

「へえ、へえ、ありがとうございます。奥さん、大きいのが四匹いるから、お造りと、唐揚げと鍋、ということでどうですか？」

「いいわ。もうきれいにさばいてあるからおやすい御用よ」

「瀬戸内のオコゼは最高ですからね」河田は嬉しそうに足踏みするような動作をつけて言った。


最初はビールが飲みたかったから、妻にまず唐揚げを作ってもらった。これが美味い。肉はほどよく弾力があって噛むほどにうま味がしみだしてくる。皮もいける。さらに、かりかりになったヒレの部分も実によくビールにあう。河田と奪い合いながら食べ終えるときれいに皿に盛りつけた薄造りが出た。ここで日本酒にスイッチする。

これをポン酢と浅葱で食べる。これまた、美味い。姿からは想像もできないほどうまい魚だ。あんまりうまいから、食われてはかなわんとばかりに、あのような姿へと進化したのではあるまいか。ときどき河田の箸とぼくの箸が当たって鍔ぜり合いのようになる。人の家にきて遠慮ということをしない男で困ったものである。

鍋ときたら、もう――などと書いているときりがないからやめる。

鍋になって妻も加わり、しばし四方山話をしていたが、言葉が途切れたのをしおに妻がこう言った。

「河田さん、何か言いたいことがあるんじゃないの？」

これはぼくも気づいていたことだったが、いずれ本人が言い出すだろうと思って放っておいたのだった。

「そう見えますか」

「ええ」

「いつもいつも相談に乗ってもらって申しわけないんで――」

「オコゼ分くらいは乗ってやってもいいよ」

「お前に意見を聞こうというんじゃないんだけど」

「このアラを持って帰れ」

「何がアラだ。これは身をすすったあとの骨じゃないか」

「ダシくらい出るだろう」

「もう出ないよ。たらふく食っといて薄情なやつだ。でも、その、オコゼで恩に着せようと言うんじゃないですよ。これは純然たる手土産でぼくの好意のしるし――」

「いいから河田さん、何か気になることがあるんなら言ってみて。力になれるかどうかわからないけど」

「じゃあ、せっかくだから――」

「前置きの長いやつだ。眠くなってきたぞ」

「寝てていいよ」

「よーし、鼾をかいて邪魔してやる」

「あなた、黙って聞きましょう。さ、どうぞ」

「実は一昨日のことなんですけど。ぼくの署の担当区域で妙な事件が起こったんです」

「目黒かい？」

「もう碑文谷署じゃないよ、おれは」

「あ、そうか、三鷹署だっけね」

「この九月から赤坂《あかさか》署勤務になったの」

「また飛ばされたのか」

「人聞きの悪いことを言うな。とにかく異動になったんだ。だいたいなあ、おれは――」

「河田さん、続けてちょうだい」

「はいはい。えー、それで南青山の高級マンションでその事件は起こったんです。いや、事件と言っていいのかどうか、それがよくわからないんですよ」

「こんな頼りないやつに税金を――」

「あなた」

「一昨日の夜十時ごろ、人が死んでるとの一一〇番通報があって、それでパトカーで急行しました。現場は五階建てのマンションの最上階の部屋です。ペントハウスですな。インターホンで管理人を奥から呼び出して、ビルの玄関のドアを開けさせ、五階にいきました。部屋のドアの鍵はかかっていませんでした。

広いマンションでね、そのフロア全体が住まいのようです。襖《ふすま》が開けっ放しになっている座敷では食事をしていた形跡があるのですが、誰もいない。そこで他の部屋を探して、発見しました。この和室と廊下を挟んで向かい側の、二十畳ほどもあろうかという洋室――これがちょっとしたアスレチック・ジムみたいな部屋でね、エアロバイクやダンベルのラックが置いてあるんだが――その部屋の真ん中に、四十五、六の女性が倒れていました。一目で死んでるとわかりました。顔なんか真っ青でね」

妻はちょっと顔をしかめた。

「死因はなんだ?」

「順序立てて説明させてくれよ」

「もどかしくていかん。こら、雑炊《ぞうすい》なんか食ってないで、さっさとしゃべってしまえ」

「あなた」

「今までいろんな仏さまを見てきたけど、この仏さまにはちょっと驚きました。つまりね、全裸でした」

「意外にウブなんだね、お前って」

「そうじゃない。全裸というだけなら、驚きはしない。首から下の全身が泥に覆われていたんだ」

「昔、映画で見たぞ。『007　ゴールドフィンガー』だ。女が金粉を全身に塗られて殺されるんだ。死因はその泥だな」

「皮膚呼吸ができなくなるからね。その可能性はおれも一応考えた」

「ほんとか」

「おれも警察官のはしくれだからな。だけど、死因は別のことだった」

「ほう?」

「これは鑑識の報告を待つまでもなく、おれにはわかった。死因はフグの中毒だよ」

「フグ?」

「座敷のテーブルの上には、卓上コンロがあって、そこには土鍋が置いてあった。フグ鍋だよ」

「おお、フグ鍋か!」

「その隣には、青磁《せいじ》の大皿に二十枚ほど残ったフグの刺し身」

「ああ、フグ刺しが二十枚も!」

「情けない声を出すなよ。鍋は煮詰まっていた。コンロのスイッチはオンになっていたが、火は消えていた。ボンベが空だったから、燃料がなくなるまで火が点いたままだったんだろう」

「とんでもない話だな」

「何が?」

「汁が煮詰まってたなんて。あれで雑炊を作ると、ものすごくうまいんだ」

「このオコゼだってうまいぜ。いや、おれはむしろオコゼの方が好きだね。刺し身にしても、要するに味はタレと薬味の味だろう? そうフグをありがたがることはない」

「なんということを言うんだろう。フグに失礼じゃないか」

「河田さん、それから?」

「食卓を見ると、二人分の食器がありました。たぶん、夫婦で食事をしてたんだろうと思いましたが、夫の姿が見えない。それでまた、ほかを探したところ、浴室にいました」

「いい機嫌で風呂に入っていたのか」

「風呂に入ってはいたんだが、いい機嫌というのではない」

「勝手に開けるな、と怒ったのか？」

「いや、口はきけなかった。死んでたんだ、夫の方も」

「あれま。やっぱり、フグで？」

「いや、そうじゃなかった。夫の方は溺死したんだ」

「湯船の中で？」

「そう」

「なんでまた、そんな？」

「これは解剖の結果わかったことだけど、血液の中には相当のアルコールがあった。それだけじゃない。睡眠薬も検出された」

「睡眠薬？」

「最近よく耳にする薬だ。アルコールと一緒に飲むと、前後の記憶がなくなったりするらしい」

「ホワイトマジック？」

「そう、普通その通称で呼ばれている睡眠薬だ。よく知っているな」

「作家のはしくれだからね」このアメリカ製の白い錠剤のことは医者の友人から聞いたことがある。他の睡眠薬と同様、医師の処方箋がないと手に入らない薬だが、近頃は闇のルートで巷に出回っているそうだ。

「まあ、このケースでは記憶云々は関係ない。酒と薬の強烈な相乗効果のために眠りこんで溺れたんだよ」

「湯船の中じゃ、眠るには窮屈だろうに」

「お前んちの昔の棺桶みたいな風呂じゃないぞ――あ、ごめんなさい、奥さん」

「いいわよ、別に」

「とにかく立派な洋風の大理石の浴槽でね」

「そういうのは保温能力に問題があるんだ」

「それで、ゆったりこう仰向けになって寝てたわけだ。体は完全に湯の中。小柄で髪が薄くなりかけて、いやに色の白い男でね。だけど、その恰好を見ると、こちらの浴槽も柩みたいだな、西洋の」

「それみろ」

「いばることはないだろう」

「しかし、どういうことなんだ。睡眠薬を飲んでいたというから、こちらは自殺ということになるのかね？」

「それなんだよ、問題は。そうそう、ほかにも奇妙なことがあった。この夫の方はパンツをはいていたんだよ」

「湯船の中で？」

「そうなんだ。絹の上等のトランクスだよ」

「そういう習慣なのかね？」

「まさか」

「温泉の宣伝のグラビアなんかだと、女の子は水着を着てその上にバスタオルを巻いてんだよ」

「よく知ってるな」

「タオルの下から水着がちょこっとのぞいている写真をぼくは見たことがある」

「つまんないことを得意そうに言うなよ。だけどさ、その風呂場は自分ちなんだから、そんな必要はないだろう。おかしいことだらけだ」

「他殺かな？」

「とは断定できない」

「だけどな、どうして女房の方だけフグにあたったんだろう？　二人とも食ったんだろう？」

「鑑識の話だとこういうことらしい。フグの毒はテトロドトキシンといって、猛毒なんだけど、この毒をどれくらいフグが持っているか、ということになると、フグの種類、季節によっても違うし、また同一種類でも個体差がある。どうも餌とも関係が深いらしい。たとえば養殖物だと、毒がそうとう弱まるらしい。こら、人の顔の前で大きな欠伸をするな。彼らが食べたのはお馴染みのトラフグで、これは高級天然物だからもちろん恐ろしい毒を持っている」

「でも、うまいんだよな」

「毒はあるが、ちゃんと料理すれば大丈夫だ。というのも、毒はもっぱら内臓——とくに、肝臓と卵巣にある。だから、それを取り除いて、きちんと洗って身を食べればいいんだけど、中には肝をどうしても食いたいという人間がいる」

「だって、肝には毒があるんだろう？」

「そう。ただ、肝の毒の量は季節によって変動する。一番強い時期が産卵する時期——つまり、一月から四月、冬から春にかけてなんだ。それ以外の季節だと、それほどの毒でもないらしいんだな。あくまでも、一般的に、ということで、どのトラフグにも当てはまるわけじゃない」

「ひょっとして——」

「そう。肝を食ったんだね。フグ刺しの大皿の端っこに蒸した肝のかけらがあった。これを小皿のポン酢に溶いて、薬味を入れ、それに刺し身をつけて食ったらしい」

「妙な食い方だな」

「以前、そういう食い方で食ったことが、実はおれもある」と河田はいった。「好きな人間には、味がこってりして、こたえられないかもしれないけどね。おれは好きにはなれなかった。なんか、くどい感じでね。もっとも、びくびくしてたから、そう思ったのかもしれないけど。現に、今の時期ならたぶん大丈夫でしょう、と言われたってな、『たぶん』じゃあ、いやだよ。肝を食った細君は中毒して死んでいるんだ。検査の結果、小皿の中からかなりのテトロドトキシンが検出された」

「旦那の方はどうして？」

「旦那の小皿にも肝を溶かして食った跡があったけど、こちらには大して含まれていなかった。

こちらの肝にはあまり毒がなかったということだろう。毒に対する抵抗力も、個人差があるし」

「やっぱり、事故か」

「それにしては妙だよね。通報してきた男のこともある」

「名乗らなかったのか？」

「うん」

「そいつが怪しい」

「たまたま訪ねてきて死体を見つけただけなのかもしれない」

「じゃあ、名乗ればいいじゃないか」

「そうだけど、何か事情があるのかもしれないし」

「煮え切らないやつだなあ。他殺か、自殺か、事故か、一体どれなんだ？」

「だから、そのことで奥さんの知恵を貸してもらえれば、と。どうでしょうかね、奥さん？」

「ふと頭に浮かんだことはあるんだけど、まだ何とも言えないわ。それに、ちょっと信じがたいようなことだし。とにかくもっとよく聞いてみないと」

「はい。なんでも」

「まずお二人のこと。とても裕福そうだけど、どういう御夫婦なのかしら？」

「ああ、すみません。まだそれを話してなかったですね」

「これで警官だと」

「うるさいね。えー、けっこう有名人なんですよ。旦那の方は服飾デザイナー、細君はもとファッションモデルで、デザイナーの旦那と結婚してモデルをやめ、以後は旦那のデザインした商品を販売する会社の社長です。そのブランドというのが、『クレシダ』と言います」

「クレシダ？　そんな服があるのか？」

「お前は知らないだろうけどね、うちの課の女の子たちはみんな知ってたよ」

「『トロイラスとクレシダ』か」

「なんだ、知ってるのか？」

「シェイクスピアの芝居にそういうのがある」

「さすが作家だね」

「あっはっはっ」

「なんでも細君のモデル時代の名前が『呉志田《くれしだ》モエ』で、二人で会社を始めるときにその名前をブランドに選んだらしい。その芸名——というか、モデル名は、するとシェイクスピアからきてるのかもしれないな。後からできたメンズの方のブランド名は『トロイラス』というからね。なるほど、そういうわけか。とにかく、高級指向の女性には相当な人気がある。値段も高い。シャネルほどではないけどね」

「ひょっとして一着三万円くらいするのか？」

「こいつを無視して話しましょう。で、まあ、そうとうに裕福なわけです。子どもは息子が一人いますが、現在アメリカの大学にいってるそうです。初めは夫婦で会社をやっていましたが、順調に業績も伸びてどんどん規模も大きくなる。細君は五年ほど前から総合エステティック・クラブを始めました。これがまたけっこう繁盛して、現在ではこちらの儲けの方が多いらしい——というより、洋服の方はここ数年業績が頭打ちで、デパートの直営店のいくつかを引き上げたそうだから、業務の主流は今やエステの方なんです」

「エステというのは要するに美容院の規模のでかいやつかい？」

「全身美容だね。ダイエット・コースってのもあるし、エアロビもやる。どろんこ美容というのもある。そうそう、細君が全身になすりつけていたのが、そのどろんこなんだ」

「そういうの、一度テレビでみたなあ。効果があるのかね、あんなこと？　バイ菌がはいったり、肌が荒れたりしないかね」

「畑の土を取ってきて体になすりつけるわけじゃない。ちゃんと医学的にも根拠があるそうだ。土は紫外線で完全に滅菌したイタリアの上質の粘土で、そのなかに薬草のエキスやいろんなビタミンを加えてあるから、肌が見違えるほどきれいになる」

「ほんとか？」

「会社でもらったパンフレットにはそう書いてあった」

「じゃあ、お前んとこの奥さんもぜひそこに入れるといいな」

「どういう意味だよ、それは。それでですね、細君は自宅のマンションにも自分用に美容のための道具を設置してあって、どろんこ美容の設備もちゃんとあるんです。本人がやっているんだから、効果はあると信じていたんだろうな」

「見たところ、効果はありそうだったかい？」

「どろんこまみれの仏さんだからね、そんなことはわからない。だけどかつてはそうとうな美人だったんだろうという感じはあったな」

「はかないものだなあ」

「旦那さんの方の話も聞かせてちょうだい」

「若いころは天才的と言われたくらい才能のあるデザイナーだったようですが、今は実際のデザインはやってないようです。感覚が時代についていけなくなったんでしょうか。もう五十ですからね。まあ、服のデザインのことはぼくには全然わかりませんけど、若いデザイナーがどんどん育ってきたから、そっちにまかせているようですね」

「じゃあ、何をやってるんだい？」

「一応、デザイン上のアドバイスとか、総合的な企画とかをやっているということにはなっているけど、実際は何もしてないようだ。多趣味な男でね、悠々と遊び回ってるらしい。しょっちゅう外国旅行をするし、高級車を乗り回すし、おまけに有名な食い道楽だ。雑誌にエッセイも書いたことがあるらしい。自分でも料理をやる。あの夜のフグの晩餐は、旦那みずから包丁をふるったものなんだ」

「ほう」

「あの日はちょうど結婚記念日に当たっていて、『今夜は旦那が腕によりをかけてフグを御馳走してくれるのよ』と、その日の午後細君がエステのスタッフに話している」

「へえ」

「そして、ちょっと気になることも言ってるんだ」

「なんて？」

「『これが最後の晩餐になるかもしれないわ』ってね」

「なんだ、それは？」

「スタッフは冗談だと思ったそうだ。そりゃそうだろうね。だけど、実際にそうなってしまった。これはどう考えればいいんでしょう？」

「どういうフグなのかしら？」

「どういうと言いますと？」

「旦那さんはどこでそれを手に入れたのかな、と思って」

「贔屓《ひいき》にしている料亭が赤坂にありましてね、そこから下関《しものせき》直送の生きた立派なトラフグを二四、回してもらったそうです」

「自分でさばいたのか。免許は持ってるのか、どうなんだ、ええ？」

「お前の方が警官みたいな口をきいてるな。免許はないよ。だけど、包丁さばきは玄人《くろうと》はだしだし、これまでにも何度か回したことがあるから、まさかこんなことになろうとは、と料亭の親父はおろおろしてたね、当然だろうけど」

「睡眠薬のことなんだけど――」と、妻が言った。先程までの快活さがすっかりその顔からなくなっているのでぼくはちょっと驚いた。ひどく不幸な事件には違いないけど、よその夫婦のことなんだからそんなに感情移入することはないのになとぼくは思った。

「なんでしょう?」河田がちょっぴり残った土鍋の底の雑炊を木のおたまですくって自分の椀に入れながら言った。ぼくは少しむっとした。

「どうやって飲んだのかしら。お風呂に入る前に飲んだわけでしょう。だったら自分から進んで飲むはずはないわよね。一体——」

「自分で飲むことは飲んだらしいんです」

「たしかか?」

「ああ。テーブルの上に、水が少し残ったグラスがあって、その脇にビニールやプラスチックの薬の包装紙というか、カラがいっぱいあった」

「カラとはなんだ?」

「表がプラスチックで、裏がアルミになってるやつがあるだろう。ほら、上から押さえればアルミがやぶけて錠剤が取り出せる式の」

「ああ、へいへい。それがいっぱい?」

「うん。幾種類も、と言った方がいいかな。調べてみたんだが、つまり、旦那は成人病のデパートみたいな男でね。痛風、高血圧、中性脂肪、コレステロール、心臓病などのための薬を毎日飲んでいた。だから、一度に飲む量はかなりのものだ。その中に、例の『ホワイトマジック』が紛れ込んでいたらしいんだよ」

「どうして紛れ込むんだい?」

「薬はドレッサーの上のバスケットの中に全部置いてあった。全然整理しないででたらめに放り込んであるけど、その中にホワイトマジックも確かにあった。ちゃんと目につくところにね。旦那のものか、女房のものかはまだわからない。とにかく、旦那はほかの薬といっしょにそれを飲み、風呂に入り、それからベッドにいこうとしてたんだろう。ただ、眠ったのが湯船の中で、永遠に目覚めることのない眠りだったというわけさ」

「事故か、殺人か？」

「それがわからないから、こうして意見を聞きにきたと言ってるだろう。どう考えたらいいんでしょうね、奥さん？」

「わたしにもはっきりしたことは言えないわ」

「そうですか」河田はちょっと肩を落とした。「やっぱり、通報者の線からたどるしかないですかね」

「そうね。でも、その通報者が誰だか、そのうちわかると思うわ」

「そうですか？　ほんとに？」

「そんな気がするの」

「出てきますか。待っていいんでしょうか？」

「それでもいいとは思うけど、ちょっと働きかけてみましょうか」

「どうするんです？」

「被害者たちの会社にいって、今回の事件はともに不幸な事故だったと判明した、警察としては事務処理上、いくつか不明な点を明らかにする必要があるので、被害者たちの当日の行動についてどんなことでもいいから知らせてほしい、と通達を出すのよ」

「ははあ、そうやってひっかけるわけですな」

「放っておいても大丈夫だと思うけど、まあ、この方が早いでしょうから」

「うまくだまされてくれますかね？」

「まんざら嘘でもないことですからね」

妻は謎のようなことを言って立ち上がり、台所にいって洗い物を始めた。ときどき手をとめて何か考えているような様子だったが、妻がこのとき何を考えていたのか、もちろんぼくらにはわからなかった。


翌々日の朝、河田から電話がかかってきた。

「ほんとに出てきたよ」

「何が出てきたんだ？　ぼくは今いそがしいんだ」やっと原稿のとっかかりを見つけたところだったので、ぼくはちょっと不機嫌そうに言った。

「通報者が名乗り出たんだ」

「そうか」

「今日の午後出頭してくる。なんなら、いつものように奥さんの名代《みょうだい》としてお前に出ばってもらってもいいかな、と思ったんだが、悪かったね、仕事の邪魔をして」

「仕事なんかどうでもよくってよ」

「なんだ、その言葉は。くるんだな」

「いってやろうじゃないか」

「本人は一時にくるから、お前は十二時半に赤坂署にこい」

「そういう時間だと、ぼくはいつどこで昼飯を食えばいいんだ」

「知らんよ、そんなこと。しかたがねえなあ、じゃあ、十二時にこい。一緒に昼飯を食おう」

「いいだろう」

またワープロの前に戻ったが、せっかくつかんだアイデアは、いつのまにか頭の中から消えてしまっていた。どうしてくれる。

アイデア消失の慰謝料として、河田に天麩羅定食の上をおごらせた。こういうのを食べているとぜひビールが飲みたくなるので、素直にそう言ったら、何をしにきた、不謹慎なやつだ、と言われた。

「それにおれは勤務中だぞ」

「お前に飲めと言ってやしない。ぼくは一般市民だから飲んだっていいじゃないか。素面《しらふ》で食うのはてんぷらさんに失礼だ」

「お前、茶を飲んでるおれの前で平気で飲めるのか？」

「飲めないぼくだと思うのか」

「ひどいやつだ。あとで一緒に飲もうよ」

「しようがないな」

ぼくらが食事を終えて赤坂署に戻ったのが一時十五分前。河田のいれてくれた薄くてぬるい茶を一口飲んだところで待ち人が現れた。

その男はエステのスタジオのインストラクターだと聞いていたが、あまりにそれ風だったので、それがかえっておかしかった。

茶色に染めるだか色抜きだかした真っすぐな髪を、真ん中で分けて左右に垂らし、耳の下あたりで切りそろえている。手入れがいいのか、つやつやしている。どこかで見たような、と思って考えてみたら、うちの近所の犬が茶色の耳をこんな風に垂らしていた。背は百八十センチくらいか。胸は厚く、腰は小さく、脚が長い。いやなやつだ、と思ったが先入観はいけないと思い直す。歳は二十代の半ばだろう。しゃれた絹みたいな生地のプリントのシャツに、ぺろんぺろんした生地の鮮やかなブルーのズボンをはいて、それがよく似合っている。再びいやなやつだと思った。顔はあまり賢そうでないと思ったが、偏見かもしれない。

河田は丁寧に挨拶し、こちらへどうぞ、と言って奥の陰気臭い部屋に通した。真ん中に机が置いてあって、折り畳み式のパイプ椅子が四つ、壁にたてかけてあった。

河田は一つを机の前に置いてエステ坊やに勧め、もう一つを壁際に置いて、手でぼくに座れと合図し、もう一つを坊やの反対側に置いて自分が座った。ぼくは紹介も何もされてないが、黙って座って見物することにした。民間人だから、紹介などすると河田の立場上かえってまずいのかもしれない。そう言えば、この事情聴取に立ち会ったことは、べらべらしゃべらないでくれよと天麩羅を食いながら言ったっけ。しゃべらないけど、本に書いてやる、と言ったら苦笑していた。

「よくきていただきました」と、河田はまた丁寧に挨拶した。思ったより民主的である。「まあ、事務処理上、必要なのでいろいろお聞きしますが、どうぞ気楽にお答えください」

言葉は丁寧だが河田は顔が怖いから、エステ君は相変わらず緊張しておどおどしている。

「おい」と、河田は斜め後方のぼくに向かって言った。「さっきから何をきょろきょろしてるんだ。落ちつかなくていかん」

「ああ、電気スタンドはどこにあるのかな、と思って」

「今は昼間だぞ。そんなもんをどうしようと言うんだ?」

「尋問しながら、ときどき顔を照らしたりするじゃないか。こう、パチパチってスイッチを入れたり切ったりして」

「よけいなことを考えないで、じっとしててくれよ」河田は哀願するように言った。

「わかった」

「さてと、まず単刀直入に聞きますが、どうして通報したきり、今まで出てこなかったんですか」

「それは、え、あわててしまってたから、まずいかなと」

「何がまずいんです?」

「え、だから、人が二人も死んだところに自分がいたら、まずいかなと」

「よくわかりませんな。じゃあ、最初から落ちついてゆっくり話してください」

「はい。え、どこから？」

「あなたは現場にいたんですね？　あの事件——いや、事故が起こったとき」

「え、起こってから、いったんです」

「ほう？」

「電話がかかってきて、苦しそうな声だったから」

「誰から？」河田の声がだんだんいらいらしてきた。

「先生」

「それは、奥さん、旦那さん？」

「奥さん。エステの先生だから。で、ティミー、きてよ、早くきてよって。あ、おれ、スタジオではティミーっていうんです」

「そうですか」河田は顔をしかめた。

「で、それだけ言って電話が切れた——というか、もう何も言わなくなったんで、大変だと思って、マンションに」

「どうしてマンションだとわかったんですか？」

「今夜は旦那と御飯を食べるから、会えないって言ってたから」

「今夜は会えない、ね？　ほう」

「だってほんとにそう言ってたもん」

「普段は毎晩会ってたのかな」

「それって、プライバシーの侵害――」

「聞いたふうなことを言うんじゃない！」河田が怒鳴った。ぼくまで飛び上がりそうになった。ぼくが取り調べられるときは他の人に担当してもらいたいものである。

「人が二人も死んでいるんだ。プライバシーもくそもないだろう」河田は論理性の欠如を威圧感で補ったが、十分以上の効果があったようで、可哀相にエステ坊やは泣きだした。

「奥さんとはそういう関係だったのですか？」河田は何事もなかったように、また穏やかな声で言った。

「そうです」

「それで、マンションに駆けつけたと？」

「そしたら、先生が倒れてて、なんか、もうすげー顔して、顔は真っ青で、息もしてなかった。あ、これ、フグにあたったなって、おれそう思って」

「よくそれがわかったね？」

「おれ、漁師町で育ったし、座敷にフグの料理があったから」

「なるほど」

「それであわててダディーさんを探しにいって」

「ダディーさん？」

「あの、旦那さんのことです」

「ほう。面白い呼び方だね、それは」

「こういう関係になったんだから、君はぼくをダディーさんと呼びなさいって、言われたから」

「なになに、こういう関係だ?」

「つまり、おれ、ダディーさんの愛人でもあるんです」

「なんとねえ! 器用な人だな、君は」

「それほどでもないっす」

ぼくが思わず笑ったので河田がぼくの方を向いてにらんだ。

「それで?」

「ダディーさんは風呂の中で仰向けで寝てました。口あいて、笑ってるような顔で。それで、おれ、ダディーさん、ダディーさんと呼びながら、湯船に手を突っ込んで引き起こしたけど、もう息もしてなくて、心臓も動いてなくて」坊やはここでハンカチを出して鼻をかんだ。

「それから?」

「おれ、どうしていいかわからなくなって、ふらふらとまた先生の倒れてた部屋に戻ったとき、ふと思い出して」

「何を?」

「フグにあたったら、穴掘って埋めればいいっていうから、それやってみようと思いました。だけど、マンションだからベランダはあるけど庭はないでしょう。それでおれ、エステで使うどろんこを塗れば、心臓止まっててもひょっとして息吹き返すかもしれないと思ったんです」

「それか」「なるほどなあ！」と、河田は言った。

「刑事さんもいい考えだと思うでしょ？」

「いい考えかどうかは別として、それで服を脱がせてどろんこを塗ったんだね」

「そうです。でも、息吹き返さなくて。心臓も止まったままで」

「それで？」

「おれ、拝んで冥福を祈りました。したらば、今度はダディーさんのことが気になって。ダディーさんにも何かしてあげときたいなって。ベストは尽くしたいなって」

「ほうほう」

「それで風呂場にとって返して、ダディーさんにせめてパンツをはかしてあげたら、と思って」

「何い？　それも君か？」

「いけなかったすか？」

「早く警察に電話すればいいんだよ。いや、救急車が先か」

「もう二人ともマジで死んでたから、救急車は無駄かなって」

「じゃあ、警察だろう」

「おれ、警察好きじゃないから」

ぼくはまた笑ってしまった。

河田は苦い顔で聞いた。

「だけど、パンツというのは、一体どういう――」

「恥ずかしいじゃないですか」

「そりゃまあ」

「死んでたって恥ずかしいっすよ、絶対」

「まあ、わからんでもない。だけど、不審な死体をみだりにいじっちゃいかんのだよ。捜査の邪魔になるだろう」

「そう思って、パンツだけにしといたんです」

「なるほど」河田はしぶしぶ認めた。

「それから、おれ、人に見られないようにマンションを出て、公衆電話で一一〇番したんです。おれ、いけなかったでしょうか」

「君がよけいなことばかりして、さっさと連絡してこなかったのは、いけないね。なぜ、早く正直に話してくれなかったのかね？」

「おれ、ちょこっと脛《すね》に傷持つ身だから」

「とは？」

「ちょっとヤベエこともしたことあるから」

「なんだね、それは？」

「言っても、罪にならないでしょうか？」

「それは、その内容によるね。とにかく、言ってみなさい」

傍で聞いてると、なんだか妙なやりとりである。

「おれ、先生のことはもちろん嫌いじゃないけど、それから、ダディーさんとのことも、そんなにいやじゃないけど、おれも若いから――」

「若いから、なんだ？」

「やっぱ、若い女の子とも遊びたいし、それで、てっとりばやいやりかたがあって」

「てっとりばやいやりかた？」

「薬を使うんですよ」

「薬？」

「睡眠薬だけど、酒といっしょにそれ飲ませると、もうろうとして、しかも、後でそのこと覚えてないんですよ」

「なんだと！」河田は怒鳴った。

聞いていたぼくも、電気スタンドでなしにサーチライトを当ててやりたくなった。

「そんな、おれ無理やりやってないですよ。こいつ、おれに気があるな、と思った女しか、しないですよ。全部、向こうから色目使ってきた女ばっかし。それで、一緒に飲みにいって――」

「うそつけ！　向こうにも気があるんだったら、そんな薬使う必要はないだろう」

「後腐《あとくさ》れもなくて、てっとりばやいし、迷惑はかけないようにおれ配慮してるし」

「なんだ、その配慮とは？」

「スキンつけてるし」

「それで、迷惑はかけてないつもりか。一体どういうつもりなんだ？」

「おれ、結婚するまでに、百人の女とやるって、願をかけたから。だから、一人の女にあんまり時間をかけられないんですよ。でも、やっぱ、いけないっすよね。おれ、もうやめますから」

「当たり前だ」

「罪になるんすか?」

「なる」

「ほんとうすか! おれ自身もときどき一緒に薬飲むから、覚えてないこともけっこうあるんですけどね」

なんだかよくわからない男である。

「腰が立たなくなるまでぶちのめしてやりたいよ」

「かんべんしてくださいよ。もうやめますから!」

「ほんとだな。もしもう一度そういうことをしたらただではおかんぞ」河田は実際問題としてはまずできそうもないことを堂々と宣言したが、ぼくもまったく同感だった。

「約束します」

「で、その薬——ホワイトマジックだな?」

エステ小僧はうなずいた。

「それを、お前、先生かダディーさんに渡したのか?」

「先生に渡しました」

「ダディーさんには?」

「渡してないっす。先週ですよ、たまたま、こんな話を先生にしたら——先生って、全然妬《や》かないんですよね——その薬を分けてくれって。だから、分けてあげました」

「先生は不眠症か？」

「いいえ、よく寝ます。終わったあとはいっつも鼾をかいて。ひょっとして、その薬、今度の事故のことに——事故ですよね？——関係あるんですか？」

「もう帰っていい」

「え？」

「蹴り出されないうちにとっとと出ていけと言ってるんだ！」

ぼくも同じ意見であった。


妻はぼくの観察報告を、世にも不愉快そうな顔で聞いた。

「で、結局真相はどういうことだったんだろう。君はもうわかったのかい？」

「大体のことはね」

「事故なんだろうか、それとも——」

「あともう少し河田さんに確かめてもらいたいことがあるから、結論を言うのはその後にしましょう」

妻はそう言って河田に電話をかけにいった。そして十分ほど話してからまた居間に戻ってきて、縫い物を始めた。こういう様子のときは、いくらどう言っても妻は教えてくれない。ぼくはあきらめて書斎にいき、ワープロに向かった。もう尻に火がついているどころではない、燃え広がって「カチカチ山」状態なのである。

翌朝、およびその午後いっぱい仕事をして、ようやく今回の原稿のメドが立った。ぼくはゆっくりとコーヒーを飲み、狭いわが家の庭を眺めながら煙草を吸った。このぶんだと明日の夕方には原稿が上がるから、今夜は前祝いにすき焼きでもしてもらおうかな、などと考えているときに、電話が鳴り、妻が出た。そして十五分ほどして居間に戻ってきた。

「河田からかい？」

「そうよ。調べてくれるように頼んであったことがわかったの」

「じゃあ、全部明らかになったわけだ」

「そうね」妻はぼんやりちゃぶ台を拭きながら言った。

「どういうことだったんだい？　やっぱり事故か、それとも故意の――」

「事故だった、ということにしたらどうかと、河田さんには言ったんだけど」

「どういうことだい？　河田はなんと？」

「そうするって」

「じらさないで教えてくれよ」

「ごめんなさい。そんなつもりはないんだけど。どうにも気が重くなるような話だからね。いいわ、何でも聞いてちょうだい」妻は縫い物を持って障子の脇に座った。

「さっきの君の話だと、事故ではないということだから、すると自殺――」

「いいえ」

「じゃあ殺人事件ということになる」

「そうよ」

「両方とも？」

「ええ」

「すると、互いに殺し合ったということかい？」

「ええ、そうよ。ひどい話ね」

「うーん、それはふとぼくも考えないではなかったけどなあ。ほんとにそうだったのか。でも、動機はなんだったんだい？」

「それを河田さんに調べてもらったのよ。あの人すごいわね。ほんの短い時間で能率よく聞き込みをして見事に調べあげたわ」

「どんなことを？」

「まず、夫婦の仲。あなたの報告からも、二人の間にはもう愛情はないだろう、と想像はついたけど、もう二十年近くも前から心は離れ離れだったみたいね。きっかけはそれぞれの浮気ということだったようだけど。どっちが先かはわからないし、わかったところで大して意味はないでしょう。とにかく、そういう状態だったのよ」

「なら、どうして離婚しなかったんだろう？」

「二人は仕事上のパートナーだったからよ。互いが互いを必要としていたからね。それぞれの担当の分野では二人ともすごく有能だったし」

「なるほど」

「だけど、そのバランスもしだいに崩れてきた。旦那さんの方はデザインに対する情熱をなくしてきた。奥さんはますます経営に力を入れて、これからもどんどん事業を拡大しようとしていた。旦那さんの居場所はなくなってきたのよ。だけど、旦那さんにしてみれば、そもそも自分の才能があればこそ、やってこられたのだ、という意識がある。だったら、会社のお金をいくら使おうが、いいじゃないか、という考え方よ」

「うーん」

「服飾の方の業績が頭打ちだったってことは河田さんから聞いたわよね」

「うん」

「その傾向は思った以上に進んでいて、服飾の赤字を、エステティックの方で補っていた、というのが実情だったみたい。そこで、――これは彼女の腹心のスタッフから河田さんが聞き出したことだけど――彼女は服飾の方は切ってしまおうと思ってたらしいの。つまり、正式に離婚もして、会社も二つに分けようということよ。そういう話を旦那さんと一年くらい前から続けていたらしいの。だけど、その分け方で揉めてたのよ。奥さんは、旦那さんが服飾の会社を、自分はエステティックをとる、ということで押してたんだけど、旦那さんが承知しない。そのエステティックは、服飾の方からずいぶんと資本が投入されて、それで成長した、そして、その服飾の事業は自分の才能の上に築かれたんだから、とうぜんエステティックに対しても自分は権利がある、と主張する。奥さんは、それを言うなら、服飾の方だって、実際に経営にあたって大きくしたのは自分だ、それを全部あげるというのだから、文句はないでしょう、とやり返すというふうでね」

「やれやれだね」

「そうね。で、結局は、旦那さんが服飾会社をとった上に、向こう三年間で予想される赤字分を肩代わりしてもらう、という条件で一応話はまとまったの」

「じゃあ、それでよかったわけじゃないか」

「これは旦那さん側の腹心の話なんだけど、旦那さんにはもう会社をやっていく気力も熱意もなかったのよ。もう仕事から一切離れて、全部お金に換えてのんびり死ぬまで暮らしたいって、酔ったときに言ったことがあるらしいの。これが本音だったのかもしれないわね。だとすると、話し合いで決まったように財産を分けたのでは、自分はやっていけない、と思った。全部自分のものにすれば、ゆうゆうと自分の夢が実現できるのではないか——そう考えた——これはわたしの想像です」

「奥さんの方は?」

「愛想をつかした夫に、自分が汗水垂らして作ったものを奪われてはたまらない——ということではないかしら。これまた、あくまでもわたしの想像だけどね」

「それで、互いが互いを殺そうとした。いや、殺した。同じ日の同じ時刻に?」

「偶然と言うしかないんだけど、わたしにはそれ以外に考えられないわ。それにしても、皮肉な話ね。それまで心がばらばらだった二人が、結婚記念日に同じことを考えたんだから」

「そうだなあ。最後の最後になって実に不幸な形で心が一つになったわけか」

ぼくは煙草を一本吸うあいだ、二人の心の中を想像してみた。

「動機はそれでわかったとして、旦那の飲む薬に睡眠薬を紛れ込ませたのは、やっぱり細君だったわけか?」

「証拠はないわ。でも、そうじゃないとしたら、そういう薬を旦那さんの薬籠の中に入れとくかしら?」

「旦那がその薬を飲まなかったら?」

「これまた想像だけど、奥さんはきっと懸命に旦那さんにお酒を飲ませたと思うの。旦那さんの血液中のアルコール濃度は相当なものだったそうよ。それだけでも眠り込んでしまいそうなくらい。二人とも胸にいちもつある同士だから、あえて表面上は楽しく和気あいあいと杯を重ねたんでしょうね。それにどちらも酔っぱらっていた方が弁明する際に都合がいいし」

「それはそうだな」

「そして、自分で旦那さんのために薬を籠から持ってきて、それに睡眠薬を紛れ込ませて飲ましたんじゃないかしら。それから旦那さんに、風呂に入るように勧めた」

「今夜は酔ったから風呂はよす、と言ったら?」

「眠り込むまで待って、担いでいくつもりだったんじゃない。旦那さんは小柄な人で、奥さんはエアロビクスで鍛えてるんでしょ。そう大変なことでもないわ」

「なるほどなあ」

「睡眠薬のことで追及されたとしても、ついうっかり籠に入れてました、わたしのミスです、と言ってあっさり認めてしまえば、警察もそれ以上は追及はできない。過失なんとか、にはなるかもしれないけど、殺人の罪に問われることはないでしょう」

「なるほど。で、旦那の方だけど、旦那はちゃんと意図して妻をフグの毒で殺したんだね？」

「そうよ」

「旦那の方の肝には毒がなく、細君の方にはあったというんだが、毒のある肝とそうでないのとをどうやって見分けるんだい？ それにさ、肝の毒が比較的弱まる時期なんだろう。だったら、それで女房を殺せるかどうか、はなはだ心もとない話だよね」

「だから、旦那さんは卵巣を使ったのよ」

「え？」

「卵巣には必ず強い毒があるでしょう。卵巣を取り出して、すり鉢ですする。それを濾《こ》して、その汁を蒸した肝の皮の裂け目からしみ込ませる」

「はあ！ そっちを女房に食わせ、自分はそういう細工をしてない方を食った。そうか、フグは二匹買ったんだったね」

「これには証拠もあるの。河田さんに、台所の生ゴミを入れたポリバケツを調べてもらったのよ。すると、コーヒーフィルターにくるまれた卵巣の搾《しぼ》りかすが出てきたの。そこまで調べられるとは思ってなかったんでしょうね」

「そうかあ。じゃあ、間違いないなあ。しかしだね、旦那も死んだから取り調べは受けなかったけど、もし溺死してなかったら、卵巣のトリックは見破られなかったとしても、当然怪しまれて、追及されるんじゃないか？」

「それは覚悟の上でしょう。だけど、同じ時期の同じ種類のフグでも、毒の量は決まっているわけじゃなくて個体差があるんでしょう。いろいろな言いわけができると思うけど。たとえば、まさか妻の方の肝に毒があったとは思わなかった、今までこんなことは一度もなかった、せっかくの結婚記念日だから、妻の大好物を自分で作って食べさせてやろうと思ったばっかりに。ああ、悔やんでも悔やみきれない、なんてね」

「最悪で過失なんとかにはなっても、殺人罪には問われないと？」

「そう」

「同じようなことを考えるもんだ。やっぱり夫婦は似てくるもんなのかね。そうそう、細君は毒にあたって死にそうになっていたとき、どうしてあのノータリンに電話したんだろう。なんで救急車を呼ぼうとしなかったのかな」

「もう口がきけなくなりかけてたんじゃないのかな。呼んでも、自分がどこにいるのかも伝えられなかったでしょうね。それで、登録してある短縮番号でその若い人のアパートにかけたのかな」

「夫に助けを求めようにも、夫はそれどころじゃなかったしね」

「そう」

「そうだ、河田には事故として処理するように提案したそうだけど？」

「アメリカには息子さんがいるんでしょう。犯人たちはもうすでに結果として罰を受けているんだから、関係ない周りの人たちをこれ以上苦しめる必要はないじゃない？」

「そうだね」

「それに、ある意味ではみんな事故なのかもしれないわ」

「それはどういう――」

「かつては気の合った、他人が羨《うらや》むほど仲のよかった夫婦が、こんなことになるなんて、信じられる？　もちろん、普通の意味ではあの人たちの犯罪よ。だけど、こんなふうにもわたしは思うの。長い年月のあいだ、小さな一つ一つの出来事が、あの人たちの思いも及ばない形で積み重なっていって、そしてとうとうこんなことになってしまったと」

ぼくはまた煙草に火をつけて薄暗くなってきた庭を眺めた。オリーブの根元に白い物が見えた。

「おや、咲いたね」

「何が？」妻が針仕事の手を止めて言った。

「ほら、ずずばなだよ」

「まあ、ほんと」

妻は縫い物を脇に置くと庭下駄を履いて庭に下りた。ぼくもその後に続いた。

見ればみるほど不思議な形をした白いずずばなが一つずつ、二本の茎のてっぺんに咲いていた。明日はもっといっぱい咲くだろう。

妻はその前に屈むと、そっと手を合わせた。

そのとき、聞き覚えのある音が頭の上から聞こえてきた。あおむいた妻の顔がさっと輝いた。

「きたわ!」

ミミズクだった。ミミズクはぽーぽーと嬉しそうに鳴いて上の方の枝にいったんとまり、それからとんとんと梯子を下りるように下の方の枝に下りてきた。

「どこいってたの。心配したじゃない」

するとまた羽ばたきの音がして、もう一羽、ミミズクが舞い降りてきて、先にきたミミズクの隣にとまった。

「あなた、お嫁さんを連れてきたのよ」と妻が叫んだ。

新しいミミズクは、一回り小さくて、愛くるしい目をくるくる回した。ミミズクの世界ではそうとうな美人なのかもしれない。

「ほんとに幸せそう」妻がつぶやくように言った。「人間がこの半分でも賢ければねえ」

ミミズクたちが声を揃えて嬉しそうにぽーぽーと鳴いた。

解説

加納朋子

——芦原すなお作品の最大の魅力を、敢えてひと言で言い表すなら、それは語り口のうまさ、面白さである。

……とは、別段私が今初めて思いついたことではなく、すでに散々言い尽くされた厳然たる事実であります。単なるユーモアにとどまらない、どこか空とぼけたおかしみ。軽妙かつ、ひょうひょうとした味の中に時折ふと混じる、哀しみや切なさ、苦さ……。これほど心地よく、読んでいて楽しくなる文体というものは、そうそうザラにあるものではありません。

私は『青春デンデケデケデケ』以来の由緒正しい芦原すなおファンでしたが、最近ではどうも、いささか特殊な読者になりつつあるようです。原稿の締め切りが近づいて苦しくなってくると、既読の芦原作品を引っ張り出してきて読み耽るという、妙な性癖が染みついてしまったのです。すると作品の中では、中年のおじさん作家が締め切りを前にして空しく辺りを徘徊する、なんていうシーンに出くわしたりして、「ああ、ここにも同じ苦しみを抱えた人が」と嬉しくなる、という次第（注　これは芦原作品の正しい楽しみ方ではありません。良い読者の皆さんは真似しないで下さいね）。

ともあれ本書『ミミズクとオリーブ』は、芦原作品の中でも〈語り手が作者本人ときわめて近いと思われる〉一連の作品群に分類されます。『青春デンデケデケデケ』や『雨鶏』、それに『松ヶ枝町サーガ』なんかは過去の作者に、そして『さんじらこ』や本書などは現在の作者に、その主人公たちはとてもよく似ているのではあるまいかと思う……と言うよりも期待するわけです、ファンとしては。だから「実物は全然違うよ」なんて言われたとしても、知ったこっちゃないのです。本書からして、のっけから作者本人をモデルにしたとしか思えない中年のおじさん作家が、原稿の締め切りに苦しんでいたりします（ここでまた、私は大いに喜んでしまったわけですが）。そうすると当然、ファンとしてはさらに期待してしまうわけです。

この、きれいでおしとやかでとびっきり料理がうまくて、その上とびっきりの名探偵である奥さんもまた、どこかに実在しているんではないかしら、と。

原稿に行き詰まっている夫に、「うっちゃっといて早くいらっしゃい」と軽やかに言ってのけ、香ばしく焼けたお芋を放ってくれる奥さん。「今度もなんとかなるわよ」と微笑んでくれる奥さん。そして彼女の作る、いかにも美味しそうな香川の郷土料理の数々！

私は香川県出身でも男性でもありませんが、それでも彼女みたいな奥さんがいればいいのになあと（馬鹿なことを）夢想したりもします。

頼りなくも憎めない、情けなくも愛すべきおじさんキャラを描かせたら、まず右に出る者はいない芦原すなお氏ですが、氏が描く女性像もまた、常に不思議な魅力に溢れています。『官能記』のみーこちゃん、『月夜の晩に火事がいて』の志緒さん（個人的にはイミコさんも好き）。『さんじらこ』のデモーナに大門先生、『たらちね日記』のお母さん、等々……。

彼女たちは皆、優しく強くしなやかで、独特のユーモア感覚と感性を持ち、そしてどこか神秘的で謎めいています。もちろん、本書に於ける〈奥さん〉も例外ではありません。自宅のオリーブの木に訪れるミミズクを〈お客さん〉と呼び、犬と心を通わせる呪文も知っている……。しかも、この風変わりな箱入り奥さんは、八王子の家から一歩も出ないままで、（続編の『嫁洗い池』では例外もありますが）数々の難事件をたちどころに解決してしまうのです。

この〈お料理上手な安楽椅子探偵〉という設定に、熱心なミステリファンならジェイムズ・ヤッフェの『ママは何でも知っている』を連想するかもしれません。殺人課の刑事である息子が、毎週金曜日、妻と共にブロンクスのママのもとを訪れ、美味しい料理と見事な推理を堪能するという趣向の、実に楽しいミステリです。一方本書の方では、血なまぐさい事件を持ち込むのはもっぱら友人の警察官、河田の役目です。そして主人公の役割は実際に現場を見て、事件の関係者から話を聞き、それを妻に正確に伝えることにあります。妻の手や足、それに耳や目の代わりとなって働くわけですが、その働きぶりがなかなか有能であることは、時折奥さんから褒められていることからもわかります。こうしたアシスタントの存在は、『ママは何でも知っている』と明らかに異なる点ですが、もうひとつ、両作品の間には大きな違いがあります。

ブロンクスのママの推理力は、数多くの知人縁者を長年観察してきた実績と、ごまかし上手の肉屋や食料品屋相手に鍛えられた眼力とが、持って生まれた頭脳にプラスされた結果だと言えそうです。それに対し〈八王子の奥さん〉の方は、親戚は郷里の伯母さん一人きり。一緒に遊んだり旅行に行ったりする友人もいないようです。箱入り娘がそのまま箱入り奥さんになったような、いくつになろうが純真な、世間知らずの娘さんといった風情。殺人事件だの生臭い人間関係についての話だのを聞こうものなら、さっと顔を曇らせてしまいそうなタイプです。事実、そうした話にはとてもつらそうな表情を見せるのですが、にもかかわらず、河田の持ち込む物騒な事件はすべて、彼女によって見事に解決されます。一見、ごく普通の主婦にそのような能力が宿っている、というギャップが愉しいこの奥さん探偵は、陽気で手厳しくてしたたかなブロンクスのママとは別種の魅力に溢れています。

『ママは何でも～』と本書とには、好対照の一編があります。前者は「ママは憶えている」、そして後者は「梅見月」(大好きな作品です)。共に、探偵役の娘時代の事件が語られています。「ママは憶えている」でのママは、婚約者の危機におろおろと心を痛めるばかり。実際に事件を解決したのはママのママでした。一方、「梅見月」の方は婚約前の奥さんが、とある事件を見事解決に導いていたというお話。奥さんは、ほんの娘さんの頃からすでに名探偵だったわけです。しかも「おとといのおとふ」(これも大好き)では、同様の特技を、奥さんの伯母さんも持っていることが判明します。すると奥さんの〈推理力〉とは、一族の女性にのみ先天的に備わる特殊能力なのでは？　という気さえします。表題作のラストで、主人公がミミズクと妻を見て「アテナと梟」の絵画を思い出すシーンがありますが、言うまでもなくアテナとはギリシャ神話の〈知の女神〉です。同作品の中で飯室が言っていた「神秘的洞察力」というのは、実は大いに的を射た言葉なのかもしれません。

けれどその卓抜した能力は、八王子の郊外にひっそりと暮らしている分には、ほとんど出番がありません。時速二百キロものスピードが出せる車を持っていても、国内の公道しか走らないのでは意味がないようなものです。だからこそ、たまには全速力で走りたい……それが人の情と言うものでしょう。殺伐とした話を嫌う心と、持てる能力をフルに活かしたいという知的欲求とは、まったく別なところにあります。

だからこそ、河田がカマスの一夜干しを山ほど持ってやってきて、「こないだみたいにサツマにしてもらえたら」なんて言っても、奥さんはにっこり笑って「いいわ。大した手間じゃないから」と応えるのだと思います。彼が抱えてくるお土産が、食材ばかりじゃなくてとびっきりの〈謎〉だから。

河田の気持ちもわからないではないのです。確かに、サツマは最高に美味だから。実は某小説誌に掲載されていた芦原すなお氏のエッセイを読んで、それがあまりにも美味しそうだったから、実際に作ってみて、本当に美味しかったからその後も何度か作ってみたのです。

まず白身魚を一度焼いてからその身をほぐし（小骨を取るのがやっかいなこと！）、その骨や皮、それに昆布で出汁を取り、身の方はすり鉢で滑らかにすり、それを味噌と合わせて香ばしく直火であぶり、しかる後に出汁で伸ばし、別に薬味を用意して……というような手順は、確かに大した手間じゃないかもしれませんが、ちょっとした手間ではあります。まして他にも料理を作っている最中には。そういうことを他人の奥さんに気軽に頼んじゃうんだから、男の人ってのはほんとにもう……って、別に私が怒ることじゃないんですけどね。

大体が、この奥さんは私なんかよりずっと心が広くて優しくて感受性も豊かです。それだけに、一度怒ると結構怖いというのもよくわかります。あくまで物静かなんだけど、「自分は怒っているんだぞ」ということをはっきりわからせる怒り方。普段は傍若無人に料理を奪い合っている男二人が（この人たちときたら、奥さんの食べる分が残っているかとか、奥さんがずっと立ちっぱなしでいることだとかを、まるで気にしていません）、このときばかりは敏感に反応して、むやみと緊張してしまうのが愉快です。

男性と女性とでは、見えているもの、見ているものがずいぶん違うように思います。「紅い珊瑚の耳飾り」を読んで、「そうか、男の人にとっては、これが謎になり得るのか」と、目から鱗が落ちる思いをしました。男性にとっては女性は永遠の謎、などと言いますが、確かに女性が男性を知っているほどには、男性は女性を知らない、という気もします。ということはすなわち、人間をもっとも知っているのは女、ということになるのでしょうか（いささか牽強付会ではありますが）。体力的にはどうしたって男性に劣るものの、人間に対する洞察力に長けた女性は、やはり安楽椅子探偵に向いているのかもしれません。

事実、本書の謎解きは常に、様々な人の気持ちを理解するところからスタートしています(たまには犬の気持ちだったりするわけですが)。女性らしい細やかな注意力と、他人の身に我が身を完璧に重ねられる想像力とが、ほんのわずかなずれや違和感を見つけ出すのです。ひとたびほころびが見つかれば、あとは編み物をほどくように、謎はするすると解けてしまう、というわけです。そして本格推理に論理は付き物ですが、論理だけでは人の心は読み解けない——そのことを、奥さんは熟知しているのです。

ラストのミミズクのつがいに象徴されるように、本書は様々な夫婦の物語でもあります。中には救いようのない組み合わせもあって、奥さんを悲しませたりもしています。けれど主人公夫妻の静かで温かな関係が、常に読後感を心地よいものにしているのです。

なにはともあれ本書、及び続編の『嫁洗い池』は、芦原すなおファンに美味しく、食いしんぼさんにも美味しく、その上ミステリファンにも美味しい、とっておきの二皿です。

どうぞ、心ゆくまでお召し上がり下さいますように。

収録作品書誌

ミミズクとオリーブ	オール讀物	'94年2月号
紅い珊瑚の耳飾り	〃	8月号
おとといのおとふ	〃	11月号
梅見月	〃	'95年2月号
姫鏡台	〃	5月号
寿留女	〃	8月号
ずずばな	〃	11月号

単行本『ミミズクとオリーブ』　文藝春秋　'96年4月刊

著者紹介　1949年香川県生まれ。早稲田大学文学部卒。同大学院博士課程中退。1990年、『青春デンデケデケデケ』で第27回文藝賞受賞。1991年、同作品で第105回直木賞受賞。『東京シック・ブルース』等、著書多数。

ミミズクとオリーブ

2000年10月20日　初版
2016年 1月22日　16版
新装版　2025年 1月31日　初版

著者　芦《あし》原《はら》すなお

発行所　(株)東京創元社
代表者　渋谷健太郎

162-0814 東京都新宿区新小川町1-5
電話　03・3268・8231-営業部
03・3268・8201-代表
URL　https://www.tsogen.co.jp
暁印刷・本間製本

ISBN978-4-488-43008-5　C0193